우승을 향한 우리들의 이야기

우승을 향한 우리들의 이야기

플랜페이지

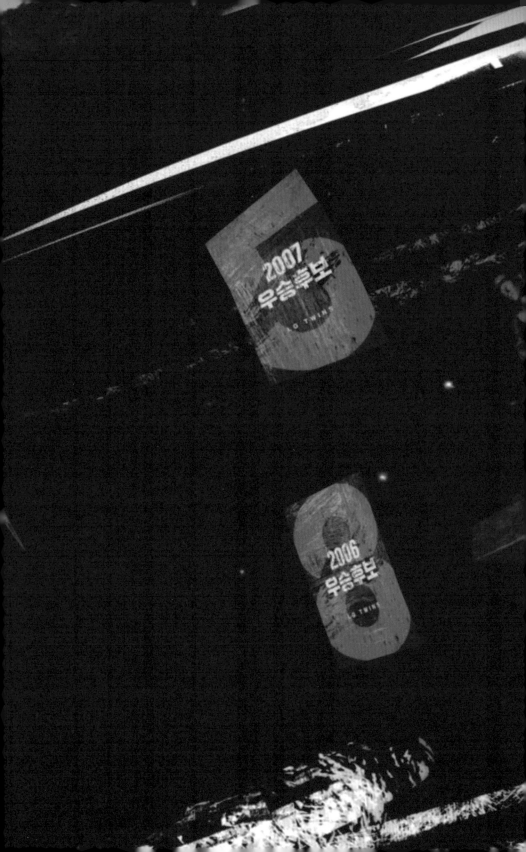

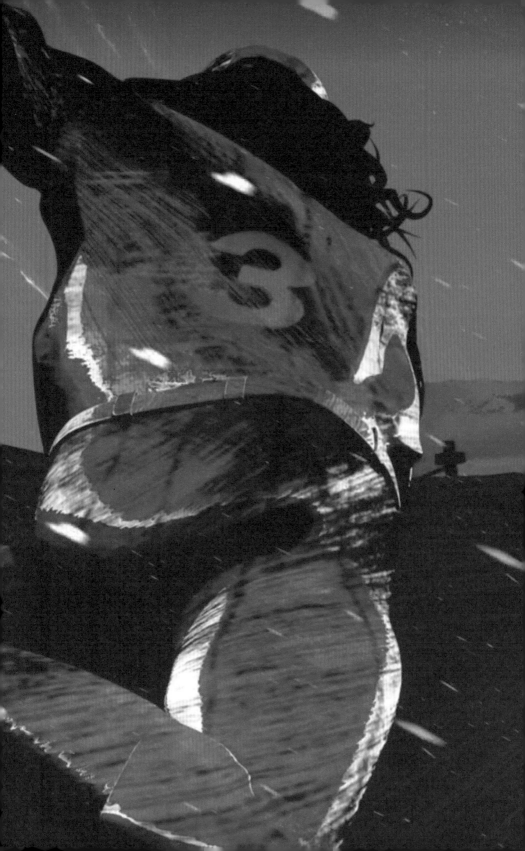

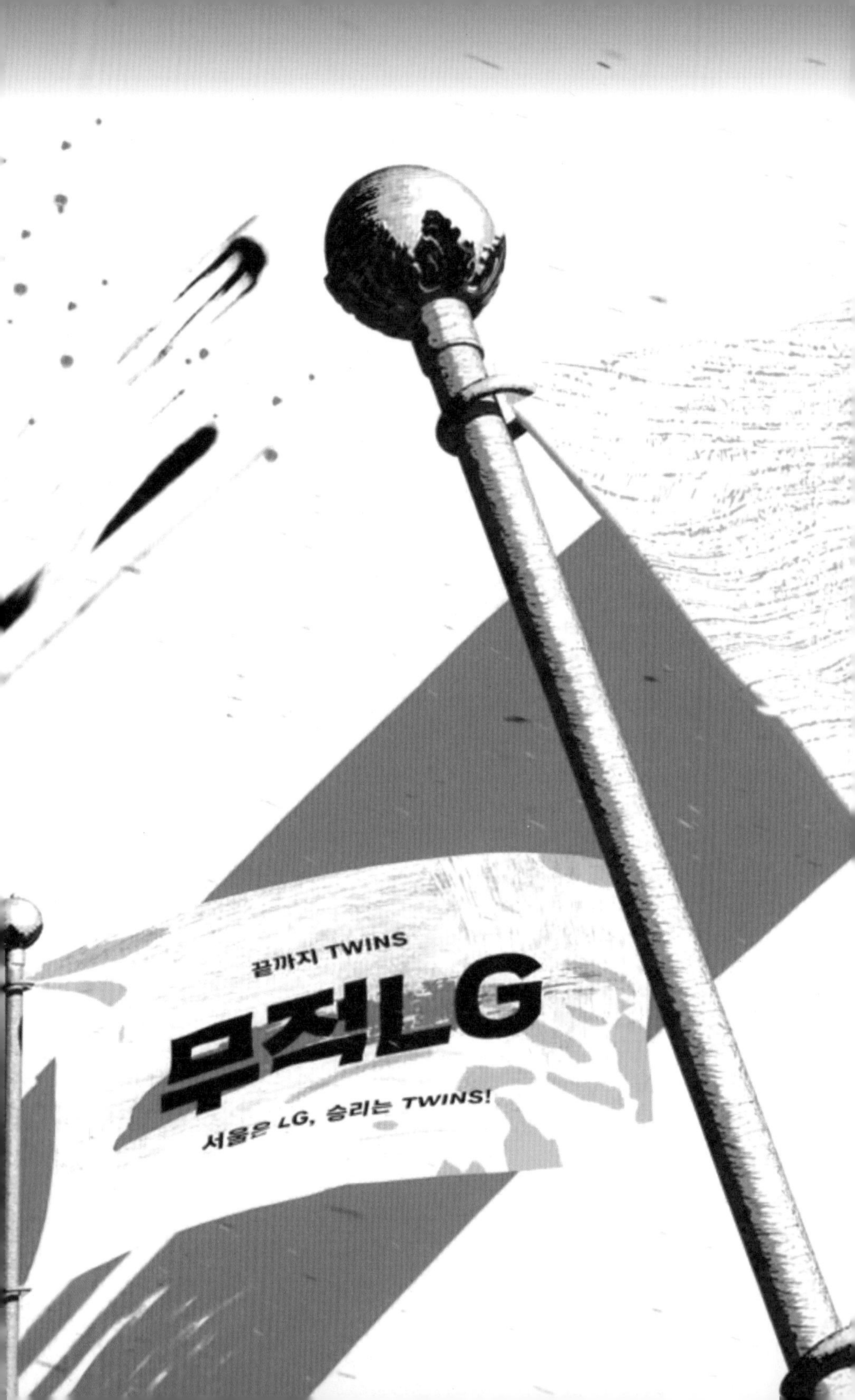

끝까지 TWINS
무적LG
서울은 LG, 승리는 TWINS!

차례

본 내용은 2022년 제작된
티빙 오리지널 〈아워게임 : LG트윈스〉를
원작으로 하고 있습니다.

경기 및 선수에 대한 정보는
2022년 기준의 기록으로 작성되었습니다.

01

28년의 싸움

야구는 한 게임 평균 191분, 한 주 여섯 경기, 한 시즌 동안 무려 27,504분을 뛰어야 하는 스포츠입니다. 모든 팀들이 우승을 목표로 이 기나긴 여정을 보내지만 목표를 이룰 수 있는 것은 단 한 팀뿐입니다.

스포츠에서 우승은 하늘이 점지해 준다는 말이 있습니다. 그만큼 쉽지 않은 목표입니다. 마지막 우승 이후 무려 28년이나 우승을 맛보지 못하고 있는 팀도 있을 만큼 말입니다.

LG 트윈스는 1990년 창단과 동시에 우승을 차지하며 서울의 자존심이자 최고 인기구단으로 거듭났습니다. 하지만 1994년 두 번째 우승 이후 28년이라는 긴 시간 동안 과거의 영광스러운 시간을 다시 재현하지 못하고 있습니다.

2002년부터 LG 트윈스를 이끌었던 대표적인 프랜차이즈 스타이자 영구결번의 명예를 얻은 박용택 선수는 20년 가까운 시간 동안 타격왕을 포함해 많은 상을 받으며 리그를 대표하는 선수로 그라운드를 누볐습니다. 하지만 은퇴하는 순간까지 끝내 우승 트로피를 들어 올리지 못했습니다. 우승이라는 것이 얼마나 높고 어려운 위치에 있는 목표인지 다시 한번 느끼게 됩니다.

오랜 부진을 겪고 맞이한 2022년. LG 트윈스 선수들은 그 어느 때보다 열심히 노력했고 우승이라는 목표를 이룰 수 있다는 자신감도 있었습니다.

이런 자신감에는 LG 트윈스 선수들에 대한 믿음과 확실한 근거가 있었습니다. 타선의 중심이던 김현수 선수가 FA[1] 대상이 되었지만 재계약하며 계속 팀을 이끌게 되었고, 약점으로 지적받던 중견수 자리에 박해민 선수를 영입해 전력을 탄탄히 다졌습니다. 강점으로 꼽히는 투수진에 더해 LG 트윈스가 정성 들여 키워낸 출중한 젊은 선수들과 외국인 타자에 대한 기대는 역대 최강의 전력이라는 평가를 받았습니

---

1 FA: 자유롭게 다른 팀과 계약을 맺어 팀을 바꿀 수 있는 선수. 1999년 프로야구에 처음 제도가 도입되었다.

외야수 부문 골든글러브 3회, 플레이오프 MVP, 타율 1위, 득점 1위,
도루 1위를 기록한 LG 트윈스의 간판스타 박용택 선수조차
은퇴하는 순간까지 우승을 하지 못했습니다.

다. 2022년은 우승에 목말라 있던 LG 트윈스의 갈증을 해소할 절호의 기회라고 생각했습니다.

균형 잡힌 최강의 전력을 가진 LG 트윈스의 출발은 예상대로 매우 훌륭했습니다. 매 경기 충분히 우승할 수 있다는 자신감과 기대를 품게 만드는 경기들을 보여 줬습니다. 하지만 LG 트윈스 선수단과 팬들 모두가 염원했던 우승은 2022년에도 LG 트윈스를 외면하고 말았습니다.

그 어느 때보다 강한 전력을 구축했고 높은 기대를 받았기 때문에 LG 트윈스 선수들은 물론 응원을 아끼지 않던 모든 사람들에게는 충격적인 결과였습니다. 우승을 향해 달린 정규 리그 144경기와 9년 만에 직행한 플레이오프, 완벽한 투타의 조화를 갖췄다는 평가를 받았던 2022년 LG 트윈스의 패배는 납득하기 어려웠습니다.

이제 모두가 궁금해하지만 단 한 번도 알려지지 않았던 그라운드와 더그아웃[2] 너머 LG 트윈스의 모습을 소개하려 합니다. 왜 플레이오프에서 졌는지? 아쉬웠던 순간들과 우승

---

2 더그아웃: 경기가 진행되는 동안 감독과 선수, 코치들이 대기하는 장소.
경기 중에는 선수와 감독, 코치, 트레이너, 배트보이 외에는 들어갈 수 없다.

트로피를 차지하기 위해 1년간 쏟았던 피, 땀, 눈물.

기록과 통계로 알 수 없는 LG 트윈스의 새로운 가능성에 대해서 이야기해 보겠습니다.

플레이오프[3] 1차전

역대 최강이라 평가받는 2022년 LG 트윈스는 탄탄한 선수진과 함께 플레이오프에 직행하면서 우승을 향한 만반의 준비를 갖추고 있었습니다. 우승을 향한 첫 번째 관문인 플레이오프 1차전 상대는 리그 최고의 타자로 성장한 이정후 선수가 이끄는 키움 히어로즈입니다.

정규 시즌 상대 전적은 10승 6패로 LG 트윈스가 앞서 있는 상황, 게다가 키움 히어로즈는 준플레이오프에서 KT 위즈를 상대로 5차전까지 가는 접전 끝에 힘겹게 올라오며 힘을 소비한 상태입니다. 충분한 휴식을 취하고 전력을 가다듬은 LG 트윈스가 유리한 것이 사실입니다.

플레이오프 1차전은 매우 중요한 경기입니다. 역대 통계

---

3 한국 프로야구에서 우승 팀을 가리기 위해 정규 리그가 끝낸 뒤 가지는 별도의 시합.

승기를 잡을 중요한 1차전 선발 투수는
에이스 케이시 켈리입니다.

밀어낸 타구는 좌익수 앞쪽에
떨어지며 김현수 선수가
잡아냅니다.

어쩐지 시작이 좋습니다.

각자의 포지션에서 최선의 경기를 펼치는 LG 트윈스 선수들입니다.

를 보면 1차전에서 승리한 팀의 81퍼센트가 그해 우승을 다투는 한국시리즈에 진출했기 때문입니다. 1회전 승리를 단순한 통계로만 볼 수는 없습니다. 단기전에서 먼저 승리하게 되면 상대에게 압박감을 주고 반대로 우리 팀에게는 자신감을 심어줘 남은 경기의 분위기를 주도할 수 있는 가능성이 크기 때문입니다.

이렇게 중요한 1차전의 선발 투수는 당연히 팀 내 최고의 투수, 즉 에이스가 등판합니다. LG 트윈스의 에이스는 정규리그 16승으로 다승왕에 빛나는 에이스, 케이시 켈리입니다.

출발이 좋습니다. 김현수 선수가 외야로 짧게 날아오는 타구를 몸을 던져 잡아냅니다. 상대팀 입장에서는 안타를 도둑맞은 기분일 겁니다. 그만큼 좋은 수비였습니다.

이어서 포수 유강남 선수가 원 바운드된 투구를 잡아내 2루로 민첩하게 송구합니다. 2루 도루를 시도하던 상대 주자는 정확한 송구에 아웃되며 1회가 마무리됩니다. 투수에게 가장 어렵게 느껴진다는 1회, LG 트윈스 선수들은 어려운 수비를 성공시켜 에이스의 어깨를 가볍게 해줍니다.

야구에는 '위기 뒤에 기회', '좋은 수비는 공격까지 이어진다'는 이야기가 있습니다. 이 얘기는 정말 높은 확률로 들어

맞는 경우가 많습니다.

공격과 수비의 기회를 공평하게 가지는 야구 경기는 그만큼 순간순간의 팀 내 분위기가 중요하기 때문입니다. 수비에서 좋은 모습을 보여준 만큼 공격에서도 LG 트윈스 타자들은 매서운 모습을 보여줬습니다.

키움 히어로즈 선수들은 연속된 경기로 지친 탓일까요? LG 트윈스가 3회까지 4점을 얻어내며 분위기를 끌어올리는 동안 키움 히어로즈 선수들은 실수를 연발합니다. 1차전 승리를 위해 각자 위치에서 최선의 플레이를 펼치는 LG 트윈스 선수들. 장발의 헤어스타일과 멋지게 기른 수염 덕분에 '잠실 예수'라는 애칭으로 불리는 켈리 선수는 6회까지 단 2점만을 내주며 에이스의 임무를 완수했습니다. 상대보다 먼저 점수를 얻어냈고, 점수를 잃으면 바로 되찾아 오는 좋은 경기력으로 승리에 한걸음 더 다가갑니다.

6회까지 LG 트윈스는 6점을 얻어냈고 키움 히어로즈의 공격은 단 2점으로 막아냈습니다. 2022년 LG 트윈스는 경기 중반에 앞서고 있다면 좀처럼 역전을 허용하지 않습니다. 리그 최강으로 평가받는 불펜 투수[4]진과 마무리 투수[5]를

---

4 선발투수가 아닌 경기 중간에 올라와 공을 던지는 투수. 구원투수라고도 부른다.
5 경기 마지막에 공을 던지는 투수. 불펜 투수 가운데 가장 신뢰를 받는 투수가 맡는 게 일반적이다.

제가 할 수 있는
플레이를 최선을
다해서 투수랑 같이
잘 막는 방법밖에는
없는 것 같아요.

유강남 선수

사실 지금
자신감도 있고요.

오지환 선수(주장)

드디어 우리가 꿈꿀 수
있는 걸 한 단계 다가선
느낌이었지요.
1차전을 이긴 팀이
가장 확률이 높잖아요.

그리고 상대 팀은 경기를
많이 하고 온 입장이라
우리가 생각하는 그림대로
잘 가고 있다고 느꼈죠.

보유한 덕입니다.

8회에 한 점을 더 실점하긴 했지만 LG 트윈스의 투수들은 정규 리그에서 보여줬던 리그 1위 불펜진의 위용을 다시 한번 뽐냈습니다. 홀드[6]왕 정우영 선수와 세이브[7]왕 고우석 선수의 활약에 힘입어 리드하는 상황을 안정적으로 지켜냅니다.

6 대 3으로 LG 트윈스가 앞서고 있는 9회. 리그 최고의 마무리 투수로 우뚝 선 고우석 선수가 마운드에 올랐습니다. 승리를 예감한 응원단의 함성으로 분위기는 더욱 뜨겁게 달아올랐습니다. 환호와 함께 경기는 LG 트윈스의 승리로 마무리됩니다.

LG 트윈스는 승리의 공식과도 같은 투타[8]의 조화로 1차전에서 키움 히어로즈의 기선을 제압했습니다. 무려 20년 만에 맞이한 플레이오프 1차전 승리입니다.

LG 트윈스는 1차전을 승리하면서 한국시리즈 진출 확률 81퍼센트를 거머쥐었습니다. 선수단은 물론, 팬들까지 무적

---

6 자기 팀이 이기고 있는 상황에 등판해서 다음 투수에게 이기고 있는 상황을 물려주고 내려간 투수에게 주어지는 기록.

7 이기고 있는 경기의 마지막에 나온 투수가 동점 또는 역전을 허용하지 않고 승리로 게임을 끝낸 경우 주어지는 기록.

8 투구와 타격을 아울러 이르는 말.

문보경 선수가 친 공이 센터 쪽을 빠져나가며
중견수 앞에 떨어지는 안타가 됩니다.

다음 타석에 들어선 문성주 선수가
몸 쪽 공을 끌어당겨 안타를 만들어 냅니다.

LG 트윈스의 미래들이 중요한 경기에서
이닝을 만들어가고 있습니다.

문보경 선수가 3루에서 홈까지 들어가며 이 경기에서 LG 트윈스가 선취점을 가져갑니다.

엘지를 외치며 이번 시즌의 주인공은 LG 트윈스가 될 것이라는 기대에 부풀어 오릅니다.

아쉬웠던 플레이오프 2차전

기분 좋게 1차진 승리를 거둔 LG 트윈스는 선수단과 팬들 모두에게 자신감과 큰 기대를 심어 주었습니다. 2차전을 앞둔 류지현 감독의 인터뷰에서도 이런 기대가 묻어납니다. 15승을 기록한 투수 아담 플럿코와 1차전을 잘 치러낸 타자들에 대한 믿음은 2차전 승리를 확신하는 모습입니다.

투수들은 김광삼 코치의 주도 아래 모의 상황에서 어떤 공을 던져야 효과적인지 분석하고 다시 한번 되새깁니다. 항상 원하는 방향으로 공이 향하지 않고 결과도 예상과 다를 수 있기에 가장 확률이 높은 타자 공략법을 연구하는 과정입니다.

알고 던지는 것과 모르고 던지는 것은 큰 차이가 있습니다. 그렇기 때문에 코치들과 선수들은 1년 내내 그라운드 밖에서도 공부하고 노력하고 있습니다.

투수조 수비 강화 전략 회의 모습.
타자들의 실행 가능한 작전 상황에 대비하여
투수들이 여러 시나리오를 예상하고 대비하는 분석 회의를 가집니다.

타자들도 코치들의 주도 아래 수비와 타격 훈련을 진행합니다. 그 가운데 눈에 띄는 두 명의 선수가 있습니다. 4번 타자 채은성 선수와 거포 유망주 이재원 선수입니다. 최강의 전력이라고 인정받고 있지만 사실 LG 트윈스는 한 가지 약점을 가지고 있습니다. LG 트윈스는 외국인 타자 없이 플레이오프를 치러야 한다는 점입니다.

외국인 타자는 팀에서 홈런과 타점을 책임져주는 경우가 많기 때문에 공격의 핵심이라고 할 수 있습니다. LG 트윈스는 그런 외국인 타자 없이 국내 선수들의 공격만으로 경기를 치러야 하는 불리한 상황입니다.

이런 상황에서 LG 트윈스는 장타력을 지닌 채은성 선수와 이재원 선수가 외국인 타자의 공백을 메워줄 것으로 기대하고 있습니다. 코치진은 두 선수를 신중하게 지켜보며 상태를 체크하고 있습니다.

채은성 선수는 이미 LG 트윈스 부동의 중심 타자입니다. 컨디션 조절만 잘 된다면 크게 걱정하지 않습니다. 프로 입단 5년 차의 이재원 선수는 무엇보다 부족한 자심감이 걱정입니다. 모창민 코치는 선수를 응원하며 자신감을 불어넣어 줍니다.

우리나라에서 가장 넓은 잠실야구장을 쓰는 LG 트윈스는 상대적으로 작은 구장을 쓰는 다른 팀들에 비해 불리한 점이 있습니다. 홈런을 많이 치는 거포 유형의 타자를 길러내기 어렵다는 점입니다.

거포 유형의 타자가 있다면 홈런 한방으로 불리한 상황을 단숨에 뒤집을 수 있기에 LG 트윈스는 거포 타자를 양성하기 위해 애써 왔습니다.

현재 가장 기대를 받고 있는 선수는 이재원 선수입니다. 한방으로 승부의 향방을 결정지을 수 있는 거포 본능이 깨어난다면 이재원 선수는 LG 트윈스에 큰 힘이 될 것입니다. 2차전을 준비하는 LG 트윈스는 주장 오지환 선수의 격려와 함께 이길 수 있다는 각오를 다지는 것으로 준비를 마칩니다.

선발 투수인 플럿코 선수는 35일 만에 등판하는 복귀 무대가 플레이오프 데뷔 전입니다. 켈리 선수와 함께 LG 트윈스 투수진을 이끌었고 15승이나 올리며 감독과 코치진은 물론 동료들과 팬들에게 믿음과 사랑을 듬뿍 받는 또 다른 에이스 투수입니다. 2차전 승리에 대한 기대는 1차전을 이기며 좋은 분위기를 탄 것뿐만이 아닙니다. 선발 투수인 플럿코 선수에 대한 믿음이 있기 때문이기도 합니다.

하지만 부푼 기대감과 달리 경기가 잘 풀리지 않습니다. 승리에 대한 기대감이 오히려 부담이 된 것일까요? 키움 히어로즈 선수들은 믿기 어려울 만큼 플럿코 선수의 공을 잘 공략했습니다. 게다가 1차전에서 좋은 수비를 보여줬던 유강남 선수는 지금까지의 모습과 다르게 실책까지 저지르며 선취점을 빼앗기고 맙니다.

1점을 빼앗기고 맞이한 공격에서 LG 트윈스는 곧바로 만루 찬스를 만들며 반격에 들어가는 듯했습니다.

안타 하나면 단숨에 역전할 수 있는 상황입니다. 모두가 역전을 기대하는 상황에서 타석에 들어선 선수는 문보경 선수입니다. 하지만 문보경 선수가 친 공은 평범한 땅볼로 아웃되며 기회가 무산됐습니다. 응원하는 팬과 선수 모두에게 아쉬움을 남기고 맙니다.

야구에는 '위기 뒤에 기회'라는 말이 있습니다. 큰 위기를 넘긴 뒤에는 기회가 온다는 말은 공평하게 양 팀 모두에게 적용되기 마련입니다. 만루 역전의 위기를 넘긴 키움 히어로즈는 2회 공격에서 플럿코 선수를 상대로 연이어 안타를 때리며 순식간에 5점을 더 얻어 갔습니다. 류지현 감독과 경헌호 투수 코치의 표정이 어두워집니다.

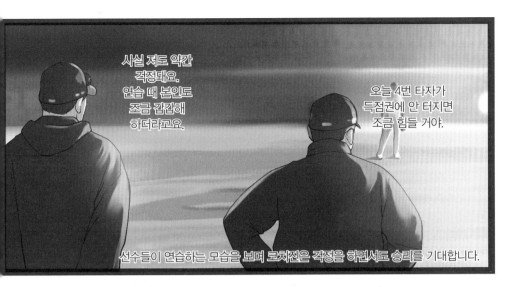

사실 저도 약간
걱정돼요.
연습 때 본인도
조금 갑갑해
하더라고요.

오늘 4번 타자가
득점권에 안 터지면
조금 힘들 거야.

선수들이 연습하는 모습을 보며 코치진은 걱정을 하면서도 승리를 기대합니다.

오늘 선발은
플럿코 선수가
등판하는데요
몸 상태는 어떤가요?

35일 만에 등판인데,
걱정보다 체력이 더
좋을 거라고
기대하고 있습니다.

2022 플레이오프 2차전 미디어 인터뷰에서 류지현 감독은 은근한 자신감을 내비쳤습니다.

플레이오프 1차전 승리로 한국시리즈 직행 확률 81퍼센트에 도달한 LG 트윈스의
분위기는 그 어느 때보다 고무되어 있습니다.

경기 초반에 0 대 6이라는 점수 차이는 꽤나 큰 차이입니다. 더군다나 부동의 2선발이자 15승 투수 플럿코 선수를 등판시킨 것은 LG 트윈스의 필승 전략입니다.

최선이라 판단한 전략을 내놓고도 경기가 불리하게 흘러가자 LG 트윈스의 감독과 코치들은 머릿속이 더욱 복잡해질 수밖에 없습니다. 정규 시즌 다승 2위 투수의 초반 대량 실점은 누구도 예상할 수 없는 일이었습니다.

플럿코 선수는 키움 히어로즈 선수들의 거센 공격을 견디지 못하고 결국 2회를 넘기지 못하고 교체되고 말았습니다. 급하게 마운드를 이어받은 김진성 선수가 다행히 더 이상 실점 없이 2회를 마무리했고, LG 트윈스 불펜진은 9회까지 추가로 1점만을 내주며 수비를 안정 시켰습니다.

수비가 안정되었으니 이제 타자들이 반격할 차례입니다. 3회에 연이은 안타와 상대 실책을 묶어 단숨에 2점을 추격했습니다. 4회까지 2 대 7로 5점을 지고 있는 상황. 5점은 적지 않은 점수 차이지만 LG 트윈스 타선이라면 충분히 역전을 노려볼 수 있는 점수입니다.

그리고 추격에는 그리 오랜 시간이 걸리지 않았습니다. 5회에 연이은 안타로 상대의 에이스인 외국인 투수 에릭 요키

시 선수를 교체하고 만들었고 바뀐 투수들을 상대로도 끈질 긴 승부를 이어가며 점수 차이를 줄여 나갑니다.

LG 트윈스의 류지현 감독과 코치들도 이번 기회를 놓치 지 않기 위해 분주해집니다. 문성주 선수를 대타로 넣었다 가 상대 투수 교체에 맞춰 다시 이재원 선수로 교체합니다.

결과는 성공적입니다. 이재원 선수의 희생 플라이로 3루 주자가 득점을 올립니다. 5회에 얻어낸 4번째 점수로 이제 점수 차이는 이제 단 1점이 되었습니다. 숨 막히는 접전으로 경기 분위기가 점점 뜨거워집니다.

LG 트윈스의 더그아웃 분위기가 살아났고 응원하는 팬들 의 함성에는 다시 기대감이 묻어 나옵니다. 0 대 6에서 6 대 7까지 따라잡았으니 금방이라도 동점, 역전을 만들 것 같은 데 1점 차가 쉽사리 줄어들지 않습니다.

양 팀 투수들의 활약 속에 점수 변동 없이 LG 트윈스는 마 지막 공격을 맞이합니다. 선두 타자 채은성 선수가 볼넷으로 진루하며 마지막 기회를 잡았고 발 빠른 주자로 교체하며 이 번 공격에서 동점 혹은 역전을 노려봅니다.

다음 타자는 주장 오지환 선수, 1점 차 마지막 공격에서 노아웃 1루 주자가 있는 상황이라면 다음 타자는 번트로 1루 주자를 2루로 보내는 작전을 많이 사용합니다. 마지막 공격이기 때문에 역전 이전에 동점을 만드는 것이 급하고, 1루가 아닌 2루에 주자가 있다면 짧은 안타 하나로도 득점할 확률이 높아지기 때문입니다.

그러나 LG 트윈스 코치들은 주장 오지환 선수를 믿고 번트 사인을 내지 않습니다. 오지환 선수 역시 주장이자 베테랑답게 안타가 아니더라도 1루 주자를 2루에 보내는 타격을 하기로 마음먹고 투수를 상대합니다.

오지환 선수의 다음 타자는 스물셋의 젊은 문보경 선수입니다. 오지환 선수는 후배가 부담감에 위축되지 않도록 좀 더 편안한 상황을 만들어 주겠다고 생각했습니다.

하지만 야구가 참, 뜻대로 되지 않습니다. 오지환 선수의 타격은 우익수 뜬공으로 아웃되며 1루 주자를 2루로 보내지 못했습니다. 이런 어려운 상황에 문보경 선수가 타석에 들어섭니다.

문보경 선수는 외국인 타자의 부진으로 3루수 자리를 차지하는 기회를 얻었고, 시즌 내내 훌륭한 활약을 해준 선수입니다. 그리고 스물셋이라는 젊은 나이는 곧 LG 트윈스의 미래라는 뜻이기도 합니다. 득점 기회에서 번번이 기회를 살리지 못한 젊은 선수에게 2차전 경기 가운데 가장 중요하고 부담되는 상황이 다시 찾아오게 된 것입니다.

결과는 2루수 땅볼 병살타[9]로 경기 종료. LG 트윈스는 1점 차이를 끝내 넘지 못하고 2차전을 패배하고 말았습니다. 문보경 선수의 아쉬워하는 모습을 보는 오지환 선수의 마음도 편치 않습니다.

자신이 주자를 2루에 보내지 못했기 때문에 마지막 타자가 된 문보경 선수가 모든 책임을 지게 된 것 같은 상황에 대한 미안함 때문입니다.

모두가 알고 있는 것처럼 LG 트윈스는 2022년 플레이오프에서 1차전을 승리한 뒤 거짓말처럼 내리 연패를 당하며 한국시리즈에 도전하지 못했습니다. LG 트윈스의 짧은 가을 야구와 그 결과를 보고 이렇게 이야기하는 LG 트윈스 팬들도 있을 것입니다.

'떨어질 팀은 떨어진다', '우승 설레발치더니 그럴 줄 알았다', '내가 잠실 근처에도 안 간다'라고 말입니다. 분노와 안타까움이 담긴 팬들의 반응은 LG 트윈스에 대한 기대와 애

---

9 타자가 친 공을 수비가 잡아내고, 잡은 공으로 이미 진루해 있는 주자까지 아웃시키며 두 명의 주자를 아웃시키는 것을 말한다.

정에서 비롯되었을 것입니다.

이제 경기 결과만으로 분노하기보다 2022년 1년 동안 있었던 일을 되돌아볼 시간입니다. 스프링 캠프부터 가을 야구까지 LG 트윈스에서 어떤 일들이 있었는지 세세하게 들여다보며 그동안 들을 수 없었던 속사정과 그들의 노력을 되돌아보는 시간을 가져보려고 합니다.

2차전에서 숨 가쁘게 돌아갔던 더그아웃과 마지막 오지환 선수의 심정, 그리고 3차전 김윤식 선수를 교체할 수밖에 없었던 속사정 같은 얘기들 말입니다.

02
비하인드

'야구의 8할은 투수에서 결정된다', '야구는 투수 놀음이다'
이라는 얘기가 있습니다. 모든 선수들이 중요하지만 역대 우승
팀과 강팀들은 모두가 강력한 투수진을 보유하고 있었습니다.
또, 플레이오프, 한국시리즈 같은 단기전에서는 투수의 힘이
유독 강한 영향력을 발휘했습니다.

그렇기에 안정적인 선발 투수진 5명의 구성은 모든 팀들
의 숙제이자 전력 구상에서 매우 중요한 부분입니다. 5명의
선발 투수들을 시즌 시작부터 마지막까지 유지할 수 있다면
분업화된 현대 야구에서 불펜 투수들이 자신의 임무에 더욱
집중할 수 있게 됩니다. 그렇다면 코치들도 전략을 구상하
기가 한결 수월해집니다.

선발 투수의 구성은 왼손과 오른손 투수를 번갈아가며 나오게 하거나 전략적인 특별한 이유가 없다면 보통은 구위[1]와 성적이 좋은 투수들 순서로 정해지게 됩니다.

외국인 투수 2명이 1, 2선발, 3에서 5선발은 국내 투수들이 맡는 것이 통상적인 선발 투수의 형태입니다. 1, 2차전에 외국인 선발 투수인 켈리와 플럿코가 등판했으니 3차전은 국내 투수 중 한 명이 등판하게 됩니다. 단기전인 만큼 현재의 몸 상태를 고려하겠지만 3번째로 등판한다는 것은 현재 국내 투수 중 가장 믿음직한 투수라는 말과 같습니다.

1승 1패의 상황에서 3차전 선발 투수 선택은 신중할 수밖에 없습니다. 더군다나 상대는 리그 최고의 국내파 강속구 투수로 평가받는 안우진 선수입니다. 낮은 득점이 예상되는 상황에서 이를 고려해 상대 타선을 잘 막아줄 수 있는 투수가 필요합니다. LG 트윈스 3차전 선발 투수 후보는 임찬규, 이민호, 김윤식 선수가 준비하고 있습니다.

경험이 많은 투수조 조장 임찬규 선수, 기복이 있지만 12승을 따낸 신예 이민호 선수, 후반기 좋은 성적으로 상승세

---

1 타자가 치기 어렵게 공을 강하게 혹은 변칙적으로 정밀하게 던지는 개념. 배트에 제대로 공이 안 맞도록 하는 모든 요소의 총합이다.

에 있는 김윤식 선수를 두고 류지현 감독과 경헌호 투수 코치는 누구를 3차전에 등판 시킬지 고민이 많습니다.

긴 고민 끝에 내린 결론은 후반기 가장 좋은 모습을 보여준 김윤식 선수입니다. 9월 5경기에서 단 1실점만 할 정도의 '짠물 피칭[2]'으로 월간 MVP 기자단 투표에서 1위를 차지한 선수입니다. 김윤식 선수의 상승세에 대한 믿음과 더불어 선수 본인이 한국시리즈까지 간다는 생각으로 연습하며 마음을 다잡은 결과 이뤄진 선발 등판입니다.

정규 시즌을 준비하는 트레이닝캠프부터 우승 팀을 겨루는 플레이오프까지 김윤식 선수가 선발 투수가 될 것이라고 예상한 이들은 거의 없었습니다.

플레이오프 선발 투수라는 말은 LG 트윈스의 핵심 선발 투수라는 말과 같습니다. 정규 시즌 시작 전에 선발 투수 자리를 통보받은 선수는 켈리부터 플럿코, 이민호, 임찬규 선수, 이렇게 네 명이었습니다. 김윤식 선수는 남은 선발 5선발 한자리를 두고 경쟁한 투수 가운데 한 명이었습니다.

LG 트윈스는 이미 수년 전부터 재능 넘치는 젊은 선수들이 많은 것으로 유명했습니다. 그들이 1군과 2군을 오가며

---

2 야구에서 좀처럼 득점을 허용하지 않는 공을 던지는 것을 말한다.

각 구단은 일반적으로 5명의 투수로 선발 라인업을 꾸립니다.

외국인 선수 둘 그리고 국내 선발 셋, 이렇게 구성되죠.

LG 트윈스의 외국인 투수 두 명이 리그 다승왕 1, 2위를 차지했죠.
켈리 그리고 플럿코.

그런 팀에서 제 3선발의 위치란
국내 투수 중 가장 믿을만한
투수라는 이야기인데,

많은 사람들이 김윤식 선수에
대해 시즌 초만 해도 큰 기대를
하지 않았습니다.

그런데 그런 젊은 투수가 3선발이 되고 플레이오프 세 번째 경기에 선발로 등판하는 게
너무나 당연한 일처럼 느껴지게 된 것은 정말 놀라운 일이었죠.

시즌 초 각고의 노력 끝에 가장 먼저 5선발의 기회를 잡은 김윤식 선수.

그러나 실전 경험이 부족했던 탓일까요?

영건들과 배터리 역을 맞추기엔
베테랑도 어렵습니다.

허도환 선수

똑같이 저도 힘드니까
빨리 이웃 잡고 들어가고 싶어요.

계속 연타로 다다닥 맞으면 저도 정신없고
투수도 정신없고 못해서 교체되면 내려갈 때 뒷모습을 보면

투수들한테 진짜 미안해요.

잘해야 하는데 미안하더라고요.

김윤식 선수

1루 더그아웃까지가 엄청 멀어 보일 때가 있거든요.
잘 던지든 못 던지든 중간에 내려올 때는 항상
뛰어가는 이유가 최대한 여기를 벗어나고 싶어 하는 마음도 있고

안 좋게 말하면 숨고 싶은 마음이 생기지요.
뛰어 내려가는 이유가 피하고 싶기 때문인 것 같습니다.

흔들리는 제구만큼이나 불안한 선발의 입지,
결국 김윤식은 자진해서 2군으로 내려갑니다.

착실하게 성장한 결과, 1군 전력이 탄탄해진 것은 물론 2군 역시 다른 팀에서 군침을 흘릴 정도로 선수층이 매우 두텁습니다.

이렇게 재능 있는 선수들이 많이 있지만 선발로 뽑힐 수 있는 선수는 단 한 명뿐입니다. 후보로 이름이 오르내리는 선수들도 알고 있습니다. 최대한 자신의 실력을 보여주어야 하고, 인정받기 위해 끝없이 경쟁하면서, 부상도 조심해야 한다는 것을 말입니다. 경쟁자들과 치열한 경쟁의 시기를 완주한 김윤식 선수는 성실함과 실력으로 기회를 만들었습니다.

하지만 이런 김윤식 선수도 선발 등판 초기에는 좋지 않은 모습을 보였습니다. 불안한 제구는 경기력 부진으로 이어졌고, 겨우 세 경기 만에 2군으로 내려가기도 했습니다. 마운드를 내려가 더그아웃으로 향하는 길에서 무너지는 좌절감과 미안함을 경험했습니다.

하지만 김윤식 선수는 그대로 주저앉아 실망하기보다는 노력과 변화를 통해 자신의 자리를 스스로 쟁취하고자 하는 담대한 노력파입니다. 김광삼 코치를 붙잡고 끊임없이 함께 훈련하며 약점을 보완했습니다. 새로운 변화구를 익히고 발전하는 선수입니다.

김광삼 코치는 이런 김윤식 선수를 노력하는 선수라고 말합니다. 그 결과 성공하는 선수, 그래서 다른 선수들에게 귀감이 되는 선수가 되길 바라고 있습니다.

구단 입단에는 순서가 있지만 1군에 오는 것은 순서가 없다는 것을 김윤식 선수도 잘 알고 있습니다. 그렇기에 1군에 합류하기 위해 계속 경쟁해왔고 확실하게 자리 잡고자 코치뿐만 아니라 동료 선수에게도 배우기를 마다하지 않았습니다. 임찬규 선수에게 도움을 청해 체인지업을 날카롭게 가다듬었을 만큼 말입니다.

멈추지 않은 김윤식 선수의 노력은 후반기 들어 결실을 맺기 시작합니다. 다양한 구종과 한결 좋아진 투구 동작으로 눈부신 피칭을 보여주며 LG 트윈스의 승리 요정으로, 또 리그에서도 특급에 해당하는 좌완 투수로 거듭나게 됩니다.

2군에서 복귀한 김윤식 선수는 점전 단단해지는 경기력을 보여줬습니다. 9월 이후로만 기간을 한정한다면 리그에서 가장 뛰어난 성적을 거두며 LG 트윈스의 승리를 책임졌습니다.

좋은 성적으로 상승세를 타고 있는 김윤식 선수를 플레이오프 3차전 선발로 등판시키는 것은 고민할 것 없는 당연한 선택입니다. 돋보이는 활약을 보인 만큼 선수 개인의 의지도 충분합니다. 김윤식 선수는 코치진의 걱정과 격려를 받으며 등판을 준비합니다.

플레이오프 3차전

객관적인 전력과 체력에서 앞서는 LG 트윈스, 준플레이오프 경기를 치르며 게임 감각을 다진 키움 히어로즈. 1승 1패의 상황에서 맞이하는 3차전은 양 팀 모두에게 양보할 수 없는 중요한 경기입니다. 세 번을 먼저 이기면 한국시리즈에 진출하는 플레이오프에서 3차전을 내주는 팀은 이제 한 번만 더 지면 탈락하는 벼랑 끝에 몰리기 때문입니다.

1회 초 LG 트윈스의 공격이 무득점으로 끝나고, 김윤식 선수의 플레이오프 데뷔 전이 시작됩니다. 플레이오프 데뷔 전이자 팀에게 매우 중요한 경기라는 부담감 탓인지 안타를 허용하며 수비가 시작됩니다.

키움 히어로즈는 2022년 타격의 거의 모든 부분에서 선두

권 기록을 작성한 이정후를 믿고 희생 번트[3]로 주자를 2루에 보냅니다. 투수에게는 더욱 부담되는 위기 상황이지만 김윤식 선수는 코치진의 분석대로 차근차근 상대 타자를 상대합니다. 쉬운 공을 던지지 않으며 키움 히어로즈의 중심 타선을 잘 막아낸 김윤식 선수는 플레이오프 데뷔 전을 상큼하게 출발합니다.

그리고 이어진 2회 공격에서 주장 오지환 선수와 LG 트윈스의 미래 문보경 선수가 잇달아 안타를 터뜨리며 강속구 투수 안우진 선수로부터 득점을 얻어냅니다. 3회에도 4번 타자 채은성 선수의 홈런으로 연이어 득점에 성공한 LG 트윈스. 김윤식 선수는 팀의 득점으로 부담감을 조금 덜어냈는지 시간이 지날수록 좋은 투구를 보여주기 시작합니다. 김윤식 선수의 어깨가 가벼워지면서 LG 트윈스는 한국시리즈를 향해 한걸음 가까이 다가서는 것 같습니다.

좋은 분위기를 지켜가며 좋은 투구를 보여주고 있는 김윤식 선수지만 코치진이 교체를 준비합니다. 팬들 입장에서는 이해하기 힘든 의아한 순간입니다. 잘 던지고 있는 선수를

---

3 '보내기 번트'라고도 한다. 1명 또는 그 이상의 주자가 베이스에 있을 때 주자를 다음 베이스로 보내기 위해 타자가 자신의 아웃을 감수하고 번트를 대는 것을 말한다.

내린다는 사실을 쉽게 납득하지 못합니다. 김윤식 선수 또한 마운드를 떠날 생각이 없어 보이는 상황에서 코치진들이 이런 결정을 한 배경에는 복잡한 사정이 있습니다. LG 트윈스의 코치진은 무의식적으로 허리로 손이 가는 김윤식 선수의 모습을 놓치지 않았기 때문입니다. 팬과 언론은 모르고 있는 김윤식 선수의 부상. 선수의 미래를 위해선 결정을 내려야 합니다. 모두가 아쉬워했지만 선수를 위해 반드시 해야 하는 선택입니다. 결국 김윤식 선수는 키움 히어로즈의 타선을 6회 투 아웃까지 무득점으로 막아내고 마운드를 내려옵니다.

한 명의 타자만 더 잡아내면 6회가 마무리되는 상황이지만, 아직 주자가 남아있고 타석에는 키움 히어로즈의 최고 타자 이정후 선수가 들어섭니다. 아직은 위기 상황입니다.

김윤식 선수 뒤를 이어 진해수 선수가 마운드에 들어섭니다. 시즌 내내 좌타자를 상대로 좋은 모습을 보여줬던 만큼 위기에서 구해줄 것을 기대합니다.

하지만 진해수 선수가 던진 공이 타자의 몸에 맞으며 출루하게 됩니다. 분위기가 조금씩 키움 히어로즈로 넘어가며 긴장이 고조됩니다.

결국 다음 타자에게 안타까지 내주며 실점하고 급하게 홀드왕 정우영 선수를 투입하지만 정말 분위기가 넘어간 탓일까요. 어설픈 내야 안타와 추가 안타를 허용하며 2 대 3 역전을 허용하고 말았습니다.

아슬아슬한 리드 상황을 놓치며 분위기가 잠시 가라앉았지만 LG 트윈스는 후반으로 갈수록 강한 팀입니다. 점수를 잃었지만 곧바로 반격에 성공하며 2점을 얻어내 4 대 3으로 앞서갑니다. 이제 7, 8, 9회 세 번의 공격만 막아내면 3차전에서 승리할 수 있습니다.

LG 트윈스가 경기 후반으로 갈수록 강한 이유는 막강한 불펜진과 마무리 투수가 버티고 있기 때문입니다.

뛰어난 투수로 평가받는 기준은 여러 가지가 있지만 그 가운데 하나가 평균자책점입니다. 시즌을 마친 투수가 평균자책점을 3점 이하로 기록하고 있다면 뛰어난 성적으로 평가받습니다. 3점 이하의 평균자책점은 개인 기록으로도 결코 쉽지 않은 성적입니다. 2022년 LG 트윈스는 팀 평균자책점 3.33으로 리그 1위 팀이었습니다.

개인도 기록하기 어려운 평균자책점 기준을 팀 전체 평균으로 달성했으니 투수진이 얼마나 강력하고 큰 활약을 했는지 짐작하게 해줍니다. 선발 투수진도 훌륭했지만 특히 불펜 투수진은 더없이 강력했습니다. 정규 시즌에서 경기 후반으로 갈수록 상대팀에게 절망감을 심어줄 만큼 대단한 활약을 펼쳤습니다.

정우영 선수와 고우석 선수가 중심이지만 다른 선수들도 무척이나 단단한 선수들이 포진해 있기 때문에 양과 질 모두 최고의 상태였습니다. 정규 시즌 투수 왕국의 면모를 과시할 수 있었던 배경입니다.

정규 시즌 내내 다른 팀들의 부러움을 받았던 LG 트윈스 불펜진인 만큼 이번에도 팀을 위기에서 벗어나게 해 줄 것이라 믿어 의심치 않습니다.

하지만 야구는 참, 예상대로 흘러가지 않습니다. LG 트윈스가 다시 역전에 성공해 1점을 앞서가는 7회, LG 트윈스의 다섯 번째 투수 이정용 선수가 마운드에 올랐습니다.

투 아웃 주자는 1루 상황. 팬들의 함성이 가장 뜨거운 순간 키움 히어로즈의 타자 임지열 선수가 초구를 거침없이 때려 홈런을 만듭니다. 감독과 불펜, 코치까지 모두 얼어붙게 만드는 홈런입니다. 점수판 숫자가 넘어갈 때까지 누구도 입을 다물지 못합니다. 그리고 또다시 이어진 홈런. 믿고 싶지 않은 연타석 홈런에 순식간에 3점을 잃어버리며 다시 키움 히어로즈에게 역전을 허용하고 말았습니다.

투수든 타자든 언제나 잘할 수는 없습니다. 훌륭한 성적의 선수들, 각 팀을 대표하는 선수들도 좋지 않은 날은 언제든 찾아옵니다.

3할이 넘는 높은 타율을 기록하고 20개가 넘는 홈런을 날리는 강타자도 안타 하나 없이 몇 경기를 보내는 지독한 부진에 빠질 때가 있습니다. 2점대 평균자책점에 10승 이상을 올리는 투수도 서른 번 남짓한 등판 기회 가운데 몇 번은 대량 실점을 하며 무너지기도 합니다.

이정용 선수는 정규 시즌 동안 훌륭하게 역할을 수행한 믿을만한 투수입니다. 하지만 플레이오프 3차전인 오늘은 하필 운이 잘 풀리지 않는 날이었나 봅니다. LG 트윈스 더그아웃에 동료 선수들과 코치진들, 관중석에 앉은 팬들까지 속상함이 이루 말할 수 없습니다. 물론 누구보다 속상하고 아쉬운 사람은 이정용 선수 본인입니다.

어렵게 7회를 마무리하고 더그아웃에 돌아온 이정용 선수는 속상함과 팀에 대한 미안한 마음을 감당하지 못하고 더그아웃 한 편에서 크게 소리를 지르며 자책합니다.

이런 모습을 지켜보는 동료들도 그 마음을 잘 알기에 조용히 위로의 손길을 내밀어 줍니다. 공격을 준비하는 타자들은 자책하는 투수의 짐을 덜어주고 싶은 마음을 더해 결연하게 타석에 들어섭니다.

먼저 중심 타선인 채은성 선수와 오지환 선수가 연속 안타로 분위기를 끌어올립니다. 2점 차로 지고 있지만 노아웃 1, 2루 주자가 있는 상황. 충분히 동점과 역전을 노릴 수 있는 상황이 만들어졌습니다.

다음 타자로 들어선 문보경 선수는 번트를 준비합니다. 번트로 주자들을 2루와 3루로 보내면 병살타의 위험을 줄이고 득점을 좀 더 쉽게 할 수 있습니다.

문보경 선수가 번트를 시도하자 방망이에 맞은 공이 투수 쪽으로 떠오릅니다. 바로 잡기에 살짝 짧은 타구, 이때 상대 투수가 몸을 날립니다. 떠오른 타구는 몸을 날린 상대 투수의 글러브로 빨려 들어갔고 민첩하게 몸을 일으켜 2루로 송구. 3루로 가기 위해 멀어져있던 2루 주자는 공보다 빨리 돌아올 수 없었습니다.

번트 실패 병살타. 노 아웃에 주자가 두 명이나 있던 상황에서 순식간에 투 아웃 주자 한 명으로 바뀌었습니다. 달아

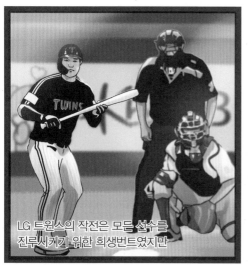

LG 트윈스의 작전은 모든 선수를
진루시키기 위한 희생번트였지만

뜻하지 않게
더블플레이가 되었습니다.

플레이오프로 직행한 첫 시즌이었기에 더 잘하고 싶었던
문보경 선수는 참지 못하고 눈물을 흘립니다.

28년 만에 한국시리즈 진출을 위해 꼭 잡아야 했던 플레이오프 3차전이
그 어떤 패배보다 진한 아쉬움을 남기며 끝나고 말았습니다.

오르던 분위기가 차갑게 식어버렸습니다.

이정용 선수가 수비에서 비운의 주인공이었다면 공격에서는 LG 트윈스의 미래라는 평가를 받는 입단 4년 차 문보경 선수가 달갑지 않은 비운의 주인공이 되어버린 순간입니다. 2차전 9회 병살타로 마지막 타자가 되었던 충격에 이어 3차전 중요한 기회에서 다시 벌어진 병살타 상황.

문보경 선수는 1루로 향하는 베이스라인 중간에 우두커니 서서 절망하고 맙니다.

금방이라도 터질 듯한 얼굴로 돌아온 더그아웃에서 동료 선수들은 위로의 말을 전합니다. 하지만 문보경 선수는 미안함과 선배들의 배려에 참고 있던 눈물을 터뜨리고 말았습니다.

이런 실패도 언젠가 젊은 선수들이 성장하는데 필요한 자양분이 될 테지만 당장은 커다란 좌절감을 감당하기가 쉽지 않습니다.

결국 차갑게 식어버린 분위기를 극복하지 못하고 결국 4대 6 패배로 LG 트윈스의 3차전이 끝났습니다. 이제 한 번이라도 더 진다면 한국시리즈 진출이 무산되는 벼랑 끝에 서게 됐습니다.

1차전 승리 이후 2차전, 3차전의 아쉬운 패배. 승리의 문턱에서 너무나 아쉽게 놓쳐버린 경기인 탓에 자책과 함께 부담감까지 옥죄는 상황이 되었습니다.

객관적인 전력에서 앞선다고 평가받았고 자신감도 있었습니다. 정규 시즌 동안 그것을 증명해 왔고 이제 마지막 계단을 오르기만 하면 된다고 생각했습니다. 하지만 야구는 그렇게 호락호락하게 예상대로 진행되는 법은 없나 봅니다.

경기장을 떠나기 위해 LG 트윈스 선수단이 타고 있는 버스 안에서 무거운 공기가 흐릅니다. 정적을 깬 김현수 선수의 한마디가 이 상황을 잘 대변해 줍니다.

"야구, 원래 쉽지 않잖아."

상대를 인정하지만 한국시리즈에 꼭 가겠다는 다짐과 후배들이 기죽지 않도록 독려도 잊지 않습니다.

3차전 결과에 대한 아쉬움에 몸이 무겁게 가라앉지만 고참 선수들은 애써 파이팅을 외치며 4차전에 임하는 마음을 다잡아 봅니다.

03
변화의 봄

체스 게임에서 폰은 가장 약한 말입니다. 폰과 같은 졸병은 전장에서 할 수 있는 일이 그다지 많지 않아 보입니다. 하지만 이 졸병이 진격을 거듭해서 더 큰 말을 잡아내고 적진의 끝에 이른다면 승급의 기회를 얻게 되면서 전장의 승패를 뒤흔드는 영웅으로 등극하게 됩니다.

가장 약한 말로 평가받는 폰의 대활약은 체스 역사에 길이 남을 명장면이 되기도 합니다. 플레이오프 3차전 선취점을 따낸 문보경 선수의 모습처럼 말입니다.

먼저 선두 타자로 나선 오지환 선수가 안타로 2루에 도착하며 기회를 잡습니다. 다음 타자는 LG 트윈스의 유망주에서 이번 시즌 중심 3루수로 거듭난 문보경 선수입니다. 번트를 준비하던 문보경 선수는 자세를 바꿔 상대 투수의 투구를 멋지게 받아칩니다. 깨끗한 안타를 만들어 냈고 오지환 선수가 득점하며 중요한 3차전 경기의 선취점을 만들어 냅니다.

투수와 타자의 거리는 18.44미터, 투수의 손을 떠난 공은 보통 0.5초 정도의 시간 안에 포수에게 도착합니다. 이런 짧은 시간 안에 번트에서 타격으로 자세를 바꾸고 안타를 친다는 것은 매우 어려운 일입니다. 이날 선발 라인업에서 가장 경험이 적고 젊은 타자인 문보경 선수가 이런 어려운 타격으로 팀에 선취점을 선물했습니다.

반면 가장 약한 말인 폰은 전진하는 중에 적진에서 쓰러지는 비극적인 결말을 맞기도 합니다. 3차전 절체절명의 상황에서 맞이한 최고의 기회를 잃어버린 것처럼 말입니다.

초반 선취점의 주인공이었던 문보경 선수가 이번엔 번트 실패로 기회를 잃어버리고 말았습니다.

결국 3차전 결과는 LG 트윈스와 문보경 선수 모두에게 비극으로 끝났지만 동료 선수들은 문보경 선수를 위로했습니다. 4번 타자인 채은성 선수가 문보경 선수에게 진심 어린 위로와 감사의 말을 전한 것처럼 말입니다.

"너 때문에 진 것이 아니다. 네가 시즌 때 못했다면 우리

팀이 지금 여기에서 야구를 하고 있지 못했을 것이다."

LG 트윈스는 안타깝게 놓친 3차전에 이어 4차전까지 내주며 짧은 가을 야구를 마감했습니다. 하지만 선수들은 한 시즌을 서로 격려하고 응원하며 최선을 다해 달려왔습니다. 승리를 위해 한마음으로 최선을 다했던 사람들은 선수뿐이 아닙니다.

선수들 곁에는 같은 마음으로 지도하는 감독과 코치, 수많은 스태프들이 함께 했습니다. 선수들과 스태프들이 LG 트윈스라는 이름으로 하나가 되었던 이번 시즌의 시작으로 돌아가 보겠습니다.

스프링 캠프

144경기를 치르는 정규 시즌. 이 대장정에 앞서 부상을 최소화하고 실수를 줄여 승리의 밑거름이 되도록 준비하는 시간이 있습니다. 선수들의 부족한 부분을 채우고 기량을 발전시키는 스프링 캠프가 바로 그것입니다.

스프링 캠프는 특히나 LG 트윈스의 미래를 책임질 젊은 선수들에게는 보물같이 소중한 시간입니다. 선배 선수들과 호흡을 맞추고, 훈련 모습을 지켜보며 배울 수 있는 기회이기 때문입니다.

쌀쌀한 날씨 속에 김우석 수비 코치는 송찬의 선수와 이영빈 선수에게 연신 땅볼을 쳐주며 수비 자세와 준비하는 방법을 설명합니다. 언젠가 LG 트윈스의 내야를 책임져야 할 선수라고 생각하기 때문입니다.

LG 트윈스는 '오지환'이라는 걸출한 유격수를 보유하고 있습니다. 94년 신바람 야구의 상징과도 같았던 신인 3인방, 그 가운데 유격수로 명성을 떨쳤던 류지현 감독의 지도 아래 착실하게 성장한 오지환 선수는 이제 리그를 대표하는 유격수가 되었습니다.

2009년 입단해서 현재 대체 불가능한 주전 유격수로 활약하고 있지만 어느새 30살이 넘은 베테랑 선수가 되었습니다. 앞으로도 좋은 활약을 보여주겠지만 LG 트윈스 입장에서는 이제 오지환 선수의 뒤를 이어 내야 수비를 책임질 후임자도 서둘러 양성해야 합니다.

감독과 코치는 항상 만약의 상황을 대비하고 있어야 합니다. 예를 들어 오지환 선수가 갑작스럽게 부상을 당하거나 피치 못 할 사정으로 자리를 비우는 상황 같은 것 말입니다. 미래의 내야수 후보이자 주전 선수의 공백을 책임지는 역할까지 고려하며 젊은 선수들과 굵은 땀방울을 흘립니다.

수비 코치의 지도와 함께 현역 시절 명 유격수로 이름을 떨친 류지현 감독까지 나서서 젊은 내야수들을 열정적으로 지도하는 이유입니다.

스프링 캠프는 젊은 선수들뿐만 아니라 주력 선수로 활약하고 있는 베테랑 선수들에게도 허투루 보낼 수 없는 중요한 기간입니다. 더 좋은 활약을 펼치기 위해 단점을 보완하고 교정하기 위해서입니다. 스프링 캠프 기간은 세밀하게 자신들의 기량을 향상시킬 기회입니다.

선수들의 노력만으로는 한계가 있기에 성공적인 시즌을 바라보며 준비하는 이 시간은 경험 많은 코치진의 역할이 더욱 중요합니다. 28년 만에 우승을 꿈꾸는 LG 트윈스는 변화를 위해 단단히 마음먹고 22시즌에 앞서 코치진을 새롭게 꾸렸습니다.

그중 시선을 사로잡는 것은 타격 코치로 임명된 이호준 코치입니다. 2021년 다소 부진했던 LG 트윈스 타선을 변화시킬 적임자로 NC 다이노스 코치였던 이호준 코치를 영입한 것입니다. 이호준 코치는 무려 24년간이나 호쾌한 타격으로 리그를 주름잡았던 강타자 출신의 코치입니다. 은퇴 후 이듬해인 2018년부터 코치 생활을 시작한 이호준 코치는 NC 다이노스의 타격을 무섭게 변화시킨 경력이 있습니다.

LG 트윈스의 타선은 이미 검증된 베테랑 타자들과 출중한 재능으로 무장한 신예 선수들이 적절하게 조화되어 있습니다. 여기에 이호준 타격 코치를 영입한 것은 우승을 위한 폭발력을 불어 넣어 줄 마지막 퍼즐일 수 있습니다.

이호준 코치도 LG 트윈스에 부임한 첫해에 28년 무관의 역사를 뒤로하고 우승컵을 들어 올리는 상상을 할 만큼 의욕이 넘칩니다.

모두가 우승을 바라고 있지만 차명석 단장이 생각하는 최종 목표는 우승을 넘어 LG 트윈스가 명문 구단이 되는 것입니다. 명문 구단이란 뛰어난 선수들을 꾸준히 키워내며 좋은 경기력을 이어가는 팀일 것입니다. 우수한 코치진의 영입은 이런 목표를 향한 중요한 첫걸음입니다.

이호준 코치는 NC 다이노스에 있던 시절부터 눈여겨보던 LG 트윈스의 타자가 있었습니다. LG 트윈스의 포수, 흔히들 얘기하는 '안방마님' 유강남 선수입니다.

　포수는 단순히 투수가 던지는 공을 받아주는 역할에 그치지 않습니다. '그라운드의 야전 사령관'이라고 불릴 만큼 수비에서 차지하는 비중이 큰 포지션입니다. 그라운드 전체를 바라볼 수 있기에 상황에 따라 수비 위치를 조정하는 것도 포수의 역할입니다. 또 약속된 플레이를 진행할 수 있도록 사인을 전달하는 역할까지 수행합니다.

　상대팀 타자들의 약점을 분석해 투수가 좋은 결과를 낼 수 있도록 준비하는 것은 기본이고 도루 시도를 저지하거나 땅에 맞고 튀어 오르는 투구를 막아내는 것도 포수의 임무입니다.

　또 홈플레이트 근처에서 발생하는 모든 상황에 대응해 수비를 이어나가는 것도 모두 포수의 임무이니 그 비중이 클 수밖에 없습니다.

　이렇게 수비에서 많은 역할을 맡고 있다 보니 포수들 가운데 공격까지 잘하는 선수를 찾는 건 쉽지 않은 일입니다. 공격과 수비 모두에서 자기 몫을 해내는 포수를 보유한 팀은 안정적인 전력을 유지하기 훨씬 쉬운 위치에 있게 됩니다.

　유강남 선수는 괜찮은 공격력을 겸비한 포수로 가치가 높은 선수였지만 2021년 타격 부진이 이어지며 힘든 시간을 보냈습니다. 이호준 코치와 유강남 선수는 스프링 캠프 기간 동안 공격력을 되살리기 위해 타격 자세를 모두 바꾸기로 결정합니다.

모든 타자는 남들과 다른 자신만의 타격 자세와 타이밍을 가지고 있습니다. 오랜 기간 연습해온 자신만의 타격 자세를 완전히 고치는 것은 선수 본인과 지도하는 코치 모두에게 부담되는 모험입니다. 하지만 좋은 방향으로 가기 위해서는 꼭 해야 하는 모험입니다. 유강남 선수와 이호준 코치는 이런 모험을 감수하기로 합니다.

다행히 유강남 선수의 이번 모험은 류지현 감독도 흡족해할 만큼 변화된 타격 자세가 만족스럽습니다. 이제 준비한 변화가 정규 시즌에서 좋은 결과로 나타나기를 고대해 봅니다.

스프링 캠프 기간 동안 LG 트윈스의 모든 선수가 유강남 선수처럼 큰 변화를 맞이한 것은 아니지만 열정적인 코치진과 함께 정규 시즌을 착실하게 준비했습니다. 이제 남은 것은 그동안 갈고닦은 실력을 정규 시즌에 쏟아내고 좋은 결과를 내는 일입니다.

2022 정규 리그 개막

2022년 4월 2일 프로야구 개막전. 스프링 캠프를 통해 담금질한 결과를 확인할 시간입니다. 상대는 KIA 타이거즈로 2021년에는 다소 부진했지만 만만치 않은 전력을 보유한 팀입니다. 더구나 오늘 KIA 타이거즈의 선발 투수는 '대투수'라는 별명을 가진 양현종 선수입니다.

국내에서 활동할 당시에도 최정상급 투수로 활약했고, 미국 메이저 리그를 경험하고 와서 이번 시즌 다시 KIA 타이거즈로 복귀한 강적입니다.

전 세계를 강타한 코로나 여파로 입장이 제한됐던 관중들도 이번 시즌부터는 100퍼센트 입장이 가능해졌습니다.

오랜만에 관중을 맞이하는 야구장 분위기는 설렘과 기분 좋은 흥분이 가득합니다. 훈련의 성과를 처음 선보이는 개막전입니다. 첫 경기에서 승리를 챙기며 기분 좋게 시작하고 싶은 것은 모든 팀들의 공통된 마음일 것입니다.

LG 트윈스는 에이스 켈리 선수가 발목 부상으로 개막전에 등판하지 못하는 악재가 생겼습니다. 하지만 새롭게 영입한 선발 투수 플럿코 선수와 약점으로 지적받던 중견수 자

LG 트윈스에 처음 와서 우승을 하면
28년 만에 트로피를 드는 거 아니겠습니까?

이호준 타격 코치

생각만 해도 너무 기쁘고요,
만약에 그런 일이 일어난다면
다시 제 별명을 가지고 와야 돼요.

인생은 이호준처럼!

오자마자 28년 만에
저희가 트로피를 딱 들어 올리는 생각을 하면

기분 좋아서 웃고 자고
지금 그리고 있습니다. 하하.

24년간의 선수 생활을 마무리하고 지도자로
제2의 야구 인생을 이어가는 이호준 타격 코치.

노련한 타격의 선임 선수들과 잠재력 있는 신예 타자들이 골고루 섞인
LG 트윈스에게 이호준 타격 코치의 영입은 우승의 꿈을 이룰 기회일지 모릅니다.

우리가 생각하는 이상의
어떤 결과물이 나올 수 있을까?
조금 물음표 속에서 시작됐지만
변하더라고요. 이게.

2021년 LG 트윈스의 공격력은 좋지 못했습니다.
이런 문제를 개선할 수 있을까에 대한 물음표가 있던 상황에서
김우석, 이호준, 모창민 코치를 영입한 LG 트윈스의
노석기 데이터분석 팀장은 결과에 만족을 표현했습니다.

차명석 LG 트윈스 단장

저희가 우승을 지금 너무 오랫동안 못해서
우승을 해야 한다는 이야기를 많이 하고 있지만
저는 LG 트윈스가 명문 구단이 되는 게 가장 중요하다고 보거든요.

명문 구단은 우승만 한다고
명문 구단이 되는 게 아닙니다.

명문 구단에 맞는 명문 선수들이
나와야 합니다. 그게 궁극적으로
프로가 가야 할 길이고요.

프로 경험이 적은 젊은 선수들이 경기 전력을 키우고
베테랑 선수들이 경기 감각을 끌어올려 앞으로
일 년을 잘 헤쳐 나갈 수 있도록 만드는 것이 구단의 목표입니다.

리를 맡아줄 박해민 선수가 있습니다. LG 트윈스는 두 선수의 활약을 기대하며 승리를 노리고 있습니다.

경기 초반 양 팀의 선발 투수들은 우열을 가릴 수 없을 만큼 눈부신 투구를 이어갑니다. LG 트윈스와 KIA 타이거즈는 4회까지 0 대 0, 한 치의 양보도 없는 승부를 이어가는 양 팀. 먼저 균형을 무너뜨린 것은 LG 트윈스입니다.

겨우내 새로운 타격 자세를 연습한 유강남 선수가 안타를 치며 포문을 열었고 이어진 공격에서 서건창 선수의 안타와 송찬의 선수의 희생 플라이[1]로 단숨에 4득점에 성공합니다.

새롭게 영입된 플럿코 선수 역시 분발해 6회까지 단 1안타 만을 허용하며 KIA 타이거즈의 타선을 꽁꽁 묶어둡니다.

9회 채은성 선수의 홈런과 연이어 터진 안타를 묶어 추가로 다섯 점을 얻어내며 9 대 0이라는 큰 점수 차로 승리하고 기분 좋게 개막전을 마칩니다.

스프링 캠프 성과를 확인하며 승리한 개막전. 기분 좋은 출발을 알렸고 이후 이어진 원정 경기까지 모두 승리하며 개막 후 5연승을 달성합니다. LG 트윈스 선수들은 자신감이

---

1 뜬공을 이용해 점수를 내는 야구 규칙. 타자가 파울 라인 안쪽이나 바깥쪽으로 쳐 자신은 아웃되지만 주자는 득점을 하게 돕는 걸 말한다.

LG 트윈스의 첫 상대는 메이저 리그에서 돌아온 양현종을
필두로 한 KIA 타이거즈입니다.

양현종 선수가 나올 거라고
계속 예상을 하고 있었고
또 전력 분석에서도 계속 준비를 했고

아마 선수들도 머릿속에 계속해서
양현종 선수를 생각하고 있었을 거예요.

메이저 리그까지 경험하고 돌아온 KIA 타이거즈
양현종의 국내 첫 복귀전이자 정규리그 개막전.
LG 트윈스는 이 첫 경기를 이기고 상대팀의 기선을 제압할 필요가 있습니다.

켈리 선수는 팀의
에이스 선수입니다.

하지만 스프링 캠프 기간에 준비를 하다가
발목 부상을 당하게 됐지요.

부득이하게 플렛코 선수로
대체를 하게 됐지만

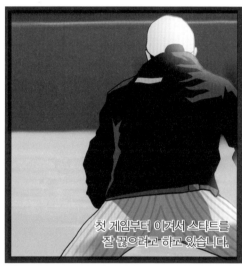
첫 게임부터 이겨서 스타트를
잘 끊으려고 하고 있습니다.

하지만 개막전이라는 압박감과 에이스를 상대한다는 부담감 때문일까요?
LG 트윈스는 양현종 선수에 막혀 4회까지 단 1점도 내지 못합니다.

첫 등판한 플럿코의 호투로
LG 트윈스는 5회까지 단 하나의 안타도 허용하지 않았습니다.

그사이 LG 트윈스는 서건창의 3타점 2루타
그리고 송찬의의 희생 플라이까지 더해져
5회 초에 4 대 0으로 달아납니다.

9회 초 LG 트윈스는 4번 타자 채은성의 홈런까지 더해져
개막전에서 9 대 0 승리를 가져갑니다.
스프링 캠프에서 이어진 이호준 타격 코치의 훈련이 빛을 발한 순간입니다.

넘쳤고 팬들에게도 이번 시즌에는 우승할 수 있다는 기대감을 심어준 최고의 출발입니다.

하지만 차명석 단장은 5연승에도 걱정이 깊습니다. 기대했던 외국인 타자 루이즈 선수와 박해민 선수의 타격이 좋지 못하기 때문입니다. 특히 리그 최고의 출루율을 기록한 1번 타자 홍창기 선수와 발 빠르고 다재다능한 2번 타자 박해민 선수로 구성한 테이블 세터[2]는 상대 구단에게 공포의 대상이 될 것으로 생각했습니다.

하지만 시즌 초반부터 이 계획에 문제가 생겼습니다. 작년 출루율 1위를 기록한 홍창기 선수는 부상으로 빠졌고 박해민 선수의 공격은 아직 부진한 상황이기 때문입니다.

1, 2번 타자는 주로 출루율이 좋고 발이 빠르며 여러 가지 작전을 수행하는 데 능숙한 선수들이 맡습니다. 3번부터 5번 타순에 안타와 홈런 확률이 높은 선수를 배치해도 앞에 주자가 없다면 큰 효과를 볼 수 없습니다. 크게 득점을 하기 위해선 그 무엇보다 중요한 것이 이 테이블 세터 구성입니다.

5연승으로 좋은 분위기를 이어가고 있지만 차명석 단장이

---

2 보통 1, 2번 타자를 가리키는 말이다. 직역하면 밥상을 차리는 사람이라는 뜻이다. 1번 타자와 2번 타자가 모두 출루하면서 후발 타자에게 득점할 기회를 만들어 준다.

근심하는 이유입니다.

걱정되는 부분이 있다고는 해도 전체적으로 좋은 분위기인 것은 사실입니다. 이런 분위기를 이어가며 홈구장인 잠실야구장에서 치러지는 NC 다이노스와의 대결까지 승리해서 연승 가도를 달리기를 기대해 봅니다.

NC 다이노스와 치루는 경기에는 개막전에서 눈부신 투구를 했던 플럿코 선수가 다시 마운드에 오릅니다.

하지만 어쩐 일인지 이번 경기에선 5회까지 4점을 실점하며 다소 부진한 투구를 하게 됩니다. 기대와 달리 부진한 투구를 이어가는 플럿코 선수와 함께 엎친 데 덮친 격으로 타선까지 침묵합니다. 경기는 겨우 1점을 만회하는데 그치고 5연승을 마감하고 말았습니다.

차명석 단장이 걱정했던 것처럼 1, 2번 타순의 부진이 뼈 아팠습니다. 많은 출루로 상대 투수에게 강한 압박을 줄 수 있는 1번 타자 홍창기 선수의 복귀가 더없이 절실하게 느껴집니다. 차명석 단장이 직접 2군 구장을 찾아 홍창기 선수를 점검하는 모습이 이런 상황을 대변해 줍니다.

코치진들과 신중하게 복귀 시점을 의논한 이틀 뒤, 드디어 시즌 전에 계획했던 타선을 완성시켜줄 홍창기 선수가 1

군에 복귀하고 즉시 2안타를 때리며 1번 타자로 만점 활약을 보여 줍니다.

타선의 마지막 퍼즐 조각을 맞춘 LG 트윈스에게는 이제 우승을 향한 본격적인 여정이 시작된 것입니다.

04
불편한 이웃

2022년 정규 리그가 시작된 지 어느덧 한 달이 다 되어 갑니다. LG 트윈스는 4월까지 14승 11패를 기록하며 3위를 차지하고 있습니다. 선두와 차이는 5.5게임, 아직 시즌 초반이고 스프링 캠프에서 준비한 성과가 이제 막 나오기 시작했기 때문에 역전할 기회는 얼마든지 있습니다.

LG 트윈스는 5월을 기대하며 두산 베어스와 치러질 3연전을 준비하고 있습니다. 5월에 치러지는 두산 베어스와의 경기는 선수단만 바쁘게 준비하는 것이 아닙니다. LG 트윈스 마케팅팀은 평소보다 분주하게 움직이며 코로나 이후 다시 진행되는 특별한 행사를 준비하고 있습니다.

한 지붕 두 가족. 1986년부터 잠실야구장을 홈으로 같이 써온 LG 트윈스와 두산 베어스에겐 특별한 날이 있습니다. 이른바 어린이날 잠실 더비입니다. 5월 5일 어린이날에 LG 트윈스와 두산 베어스가 벌이는 잠실 더비는 1996년 벌어진 더블헤더[1]부터 시작되었습니다. 20년 넘는 기간 동안 1997년과 2002년을 제외하고는 매년 열린 두 라이벌의 자존심 싸움입니다.

2003년부터는 어린이날을 중심으로 아예 LG 트윈스와 두산 베어스의 잠실 라이벌 전을 편성하면서 흥행을 유도했고 현재까지 전통이 이어오고 있습니다.

특히 어린이날 당일 진행되는 잠실 라이벌 전은 경기 전 어린이 팬들과 선수들이 함께 어울려 게임하고 호흡하는 이벤트를 더해 대부분 매진을 기록 중인 한국 프로야구 최고의 흥행 보증수표 중 하나입니다.

하지만 치열한 승부는 승리와 패배로 나뉘기 때문에 엘린이와 두린이로 통칭되는 양 팀의 어린이 팬들 중 한쪽은 다소 상처를 받을 수밖에 없습니다.

역대 어린이날 잠실 더비 성적에서 LG 트윈스는 두산 베어스에게 근소하게 밀리고 있습니다. 2021년 LG 트윈스가 우승

---

1 같은 팀이 같은 구장에서 하루에 두 번 경기를 하는 것.

으로 가는 길을 가로막은 두산 베어스, 거기에 이번 시즌 치열하게 진행되고 있는 순위 싸움까지 맞물려 LG 트윈스 팬들은 이번 잠실 더비를 마냥 즐기기 어렵습니다.

이번 2022년 시즌 홈에서 맞이한 개막전은 만족할 만한 내용의 경기가 아니었습니다. 하지만 좋은 선수들로 채워진 라인업과 상위권에 머물고 있는 순위를 보며 LG 트윈스 팬들은 한껏 기대에 부풀어 있습니다. 이번 경기는 경쟁자들과 차이를 벌리며 더 높은 순위로 도약할 수 있는 좋은 기회입니다.

어린이날, 잠실 더비의 시작

이번 어린이날 잠시 더비는 시작이 좋습니다. 3연전 중 5월 3일 벌어진 1차전 경기를 역전승으로 장식하며 시작했기 때문입니다.

2차전 선발 투수는 류지현 감독의 신임을 받고 있는 입단 3년 차 영건 이민호 선수입니다. 좋은 성적이 기대되는 유망주 투수입니다. 하지만 경험이 많지 않은 탓인지 마운드에

2022년 어김없이 어린이날이 돌아왔습니다.
잠실의 주인 자리를 건 LG 트윈스와 두산 베어스의
어린이날 잠실더비 3연전도 시작됐지요.

경헌호 투수 코치

저희가 지면 엘린이가 울 테고
두산 베어스가 지면 두린이가 울 텐데
그래도 매번 이기려고 노력은 많이 하고 있습니다.

이번 어린이날은 시작이 좋습니다.
1차전 경기를 3 대 4로 승리했기 때문이죠.

서 감정을 드러낼 때가 있습니다.

개막 후 한 달 동안 네 경기에 선발로 나섰지만 1승 1패, 7.63의 자책점을 기록하며 팀의 3선발이라고 하기에는 불안한 출발을 했습니다. 마운드에서 침착함을 유지할 수 있다면 좋은 투수로 성장할 것입니다.

개인에게는 이번 시즌 다섯 번째 선발 등판인 무대, 팀에게는 순위를 올릴 중요한 기회인 잠실 더비 2차전. 지금 이민호 선수에게 무엇보다 필요한 건 자제력을 잃지 않는 침착함입니다.

하지만 두산 베어스 선두 타자에게 빗맞은 안타를 허용하며 불운하게 1회가 시작됩니다. 다음 타자까지 볼넷으로 출루시키며 LG 트윈스는 위기를 맞이합니다. 유강남 선수는 이민호 선수가 흥분하지 않도록 마운드를 찾아가 다독여 보지만 연이어 볼넷을 내주며 무사 만루로 상황이 악화됩니다.

경헌호 투수 코치까지 마운드를 찾아 민호 선수를 격려합니다. 젊은 투수가 자신감을 잃지 않고 위기를 잘 넘길 수 있기를 기대해 보지만 어려운 상황입니다. 이어진 두산 베어스 타자들을 상대로 이민호 선수는 땅볼과 희생 플라이로

2점을 실점하고 1회를 마무리합니다.

2실점을 하는 동안 맞은 안타는 단 1개, 더그아웃으로 돌아온 이민호 선수도, 지켜보던 김광삼 코치도 못내 아쉬워합니다.

좋은 구위로 타자들을 잘 공략했지만 너무 잘해야겠다는 욕심이 화가 되어 오히려 손쉽게 실점을 내준 상황입니다.

주장 오지환 선수는 젊은 투수가 기죽지 않도록 격려하며 기운을 북돋아 줍니다.

그리고 LG 트윈스 타선은 엘린이들을 위해 곧바로 반격에 나섭니다. 2루타로 출루한 박해민 선수를 홍창기 선수가 안타로 불러들이며 1점을 추격합니다.

1 대 2로 여전히 한 점을 지고 있지만, 실점 이후 곧바로 추격하면서 분위기가 되살아 나고 있습니다.

안정을 찾은 듯, 2회와 3회에 두산 베어스 타선을 잘 막아낸 이민호 선수. 그리고 이번 시즌 끈질긴 타격으로 눈도장을 찍으며 선발 출전한 문성주 선수의 안타와 더불어 상대의 실책으로 3회에 기어이 동점을 만들어 냅니다.

하지만 어렵게 만든 동점 상황에서 이민호 선수는 볼넷과 안타를 내주며 2 대 4로 재역전을 허용하고 맙니다. 라이벌 전에서 역전에 성공하며 앞서가자 두산 베어스 팬들의 함성 소리가 높아집니다.

4회까지 안타 네 개와 볼넷 세 개를 허용한 이민호 선수는 결국 교체되고 맙니다. 상대에게 허용한 네 개의 안타보다 침착함을 잃고 허용한 세 개의 볼넷이 더 아쉬움으로 남습니다.

불타는 승부욕은 운동선수가 발전하는 원동력으로 높게 평가받지만 그로 인한 감정 조절이 되지 않는다면 선수를 가로막는 벽이 되기도 합니다.

이후 교체된 투수가 1실점으로 남은 5이닝을 안정적으로 지켜냈지만, 타선이 막히며 결국 역전하지 못하고 2 대 5 패배로 2차전이 마무리됩니다.

잠실의 주인 3차전

시리즈 전적 1승 1패. 잠실의 주인을 가리는 잠실 더비의 승자는 어린이날 당일에 가려지게 되었습니다. LG 트윈스는 이번 잠실 더비 3연전에 외국인 타자를 기용하지 않았습

외국인 타자 대신 4번 타자 역할을 해 주고 있는
채은성 선수가 수비 연습에 한창입니다.
이를 지켜보던 류지현 감독은 채은성 선수를 부릅니다.

과감히 포지션을 바꿨지만 아직 1루 수비에 적응 중인 채은성입니다.
좀처럼 감을 잡기 힘듭니다.

연습량 많고 성실하기로 유명한 채은성은
류지현 감독의 조언을 새기고 1루수 수비의 감을 익혀 나갑니다.

저는 원래 내야수로 입단을 했고요, 결국 외야수로 갔지만

채은성 선수

제가 달리기도 빠른 편도 아니었고 생각을 해보니까

일단 현수 형이 좌익수고 중견수가 해민이고

라이트가 창기인데 자리는 그렇게 따지면

지명타자 슬롯밖에 없잖아요.

수비수 나가면서 하고 싶은 마음이 있기 때문에

1루수로 나가려면 만폐는
안 끼쳐야 하잖아요.

그래서 연습을 해놓자!
믿고 내보낼 수 있어야 하잖아요.

쟤 나가면 그래도 밥값은 하겠다 이렇게는 돼야 하는데

불안해서 물가에 애 내놓은 거마냥
보는 사람이 불안해하면 하는 사람도 불안하거든요.

니다.

중심 타선에서 해결사로 활약하기를 기대하며 영입한 외국인 타자 리오 루이즈 선수는 부진에서 헤어 나오지 못하고 있습니다. 1할 대의 부진한 타격에 고민이 깊어진 코칭스태프는 타격이 좋은 채은성 선수를 4번 타자로 기용하며 공백을 메워가고 있습니다.

타격에서는 기대를 만족시켜주는 활약을 해준 채은성 선수지만 류지현 감독과 선수 본인도 수비에 대한 걱정이 있습니다. 이번 시즌 외야수에서 1루수로 포지션을 변경한 채은성 선수는 낯선 수비에 아직 적응 중입니다. 훈련 중인 채은성 선수에게 류지현 감독이 수비에 대한 조언을 건네며 3차전을 준비합니다.

1, 2차전으로 예열을 마친 잠실 더비의 클라이맥스, 어린이날 펼쳐지는 라이벌 3차전이 코앞으로 다가옵니다. 이번 경기의 LG 트윈스 선발 투수는 케이시 켈리 선수입니다.

선발 등판하면 자기 몫을 해내고 훈련을 포함한 행동 하나하나가 모든 선수에게 귀감이 되는 선수입니다. 코칭스태프와 팬들의 신뢰를 듬뿍 받는 선수이자 4년간 LG 트윈스에서 에이스로 호투를 펼쳐 팀을 승리로 이끌어온 핵심 선수입니다.

필승을 기원하는 팬들을 위해 1선발이자 '잠실 예수'로 불리는 LG 트윈스의 에이스, 케이시 켈리 선수가 마운드에 오르며 잠실의 주인을 가리는 3차전이 시작됩니다.

1회 초 두산 베어스의 공격. 켈리 선수의 출발이 심상치 않습니다. 안타와 볼넷으로 무사 1, 2루의 위기를 맞이하는 LG 트윈스. 포수인 유강남 선수와 찰떡 호흡을 보여 왔던 켈리 선수지만 오늘 경기는 시작이 좋지 않습니다. 오랜 시간 호흡을 맞춰온 유강남 선수와 켈리 선수의 볼 배합이 상대팀에게 읽히기라도 한 것인지 걱정입니다.

수비에서 걱정을 샀던 채은성 선수의 도움과 삼진으로 상대 중심 타선을 잡아내며 한숨 돌렸지만 마지막 아웃 카운트를 앞두고 연속 안타를 허용하며 3실점하고 말았습니다. 비록 출발이 좋지 않았지만 이제 경기 초반입니다.

2회 말 LG 트윈스 타자들이 반격을 시작합니다. 상대 투수에게 10개의 공을 던지게 만들며 볼넷으로 출루하는 유강남 선수가 기회를 만들어 냅니다. 다음 타자는 LG 트윈스의 주장 오지환 선수입니다.

오늘 경기는 한 어린이 팬의 이름을 유니폼에 새기고 플레이하기로 했습니다. 그리고 그 어린이 팬은 홈런을 부탁하며 오지환 선수의 활약을 기대합니다. 오지환 선수는 이런 기대에 완벽하게 부응하는 호쾌한 스윙으로 잠실야구장 외야로 공을 날려 보냅니다. 오지환 선수 등에 새겨진 이름의 주인공인 어린 팬은 오늘 최고의 어린이날 선물을 받아 가게 됩니다.

해결사로 나선 주장 오지환 선수는 위기에 빠진 팀을 2점 홈런으로 단숨에 2 대 3, 한 점차로 만들며 추격의 발판을 만듭니다.

이제 더 이상 점수를 잃지 않고 지켜낸다면 분위기를 끌어올 수 있는 상황입니다. 박빙의 승부가 이어지던 4회. 경기 전 류지현 감독이 걱정했던 문제가 터지고 말았습니다.

어렵게 타구를 잡아낸 뒤 오지환 선수가 1루로 송구합니다. 약간 짧았던 탓인지 오지환 선수의 송구는 외야수에서 1루수로 포지션을 변경한 채은성 선수의 글러브를 빠져나가고 맙니다.

수비수들의 악송구도 잡아줘야 하는 1루수는 보기보다 부담되고 어려운 자리입니다. 채은성 선수는 포지션을 바꾼 뒤 모창민 코치가 인정할 만큼 많은 훈련을 소화해 냈습니다. 하지만 아직 1루수 자리에 적응해가고 있는 중이라 아쉬운 수비가 나오고 말았습니다.

시작부터 잘 풀리지 않은 켈리 선수는 상대 타자의 몸에 공을 맞히며 다시 한번 위기를 맞이합니다.

무사 1, 2루에서 상대 타자가 받아친 공이 1루수 채은성 선수에게 향합니다. 평범한 땅볼. 2개의 아웃 카운트를 한꺼번에 잡아낼 수 있는 병살플레이를 기대했지만 채은성 선수의 송구가 2루로 향하던 주자를 맞추며 무사 만루의 위기가 되고 맙니다. 오늘은 켈리도, 채은성 선수도 정말 풀리지 않는 날인 것 같습니다.

상대의 연이은 안타, 여기에는 채은성 선수가 잡을 수 있었던 아쉬운 안타도 포함되어 있습니다.

4회에만 아쉬운 플레이로 3실점하며 두산 베어스가 2 대 6으로 달아나고 맙니다. 이어진 5회에서 다시 두 점 내주며 믿었던 '잠실 예수' 켈리 선수가 무너지고 말았습니다.

분위기를 넘겨주며 결국 4 대 9로 잠실 더비 라이벌 전 3차전을 내준 LG 트윈스, 시리즈 전적 1승 2패로 자존심을 구기고 말았습니다. 더군다나 이번 잠실 더비 시리즈 결과로 3위를 유지하고 있던 팀 순위가 5위로 떨어졌기 때문에 더욱 뼈아프게 다가왔습니다.

하지만 내일은 내일의 태양이 뜨는 것처럼 어제의 패배를 날려버리고 내일의 승리를 위해 오늘을 준비해야 합니다. 지나간 패배에 발목 잡혀 있기에는 아직 가야 할 길이 너무 멀기 때문입니다.

패배의 기억을 씻고 다시 전장에 나서기 위해 분위기를 바꿔 봅니다. 투수들과 야수들이 역할을 바꿔 배팅 연습을 합니다. 외야수 김현수 선수가 투수처럼 공을 던지고 투수들이 타석에서 공을 때려내는 이색적인 몸풀기는 팬들은 평소에 볼 수 없는 장면입니다.

선발 투수지만 기복이 있는 이민호 선수에게 채은성 선수가 자신감을 가지고 플레이할 수 있도록 조언을 아끼지 않습니다. 투수조 조장 임찬규 선수 역시 흔치 않게 많은 실점을 했던 켈리 선수와 시간을 보내며 자신감을 북돋아 줍니다.

패배를 극복하는 법 그리고 리오 루이즈

LG 트윈스 선수들은 이번 패배로 주눅 들지 않기 위해 각자의 자리에서 최선을 다하며 마음을 다잡습니다. 그리고 다시 6연승을 달리며 잠실 더비 패배의 충격에서 완전히 벗어납니다.

잠시 부진했던 모습을 이제는 상상할 수 없을 만큼 케이시 켈리 선수도 다시 제자리로 돌아와 멋진 투구를 보여주고 있습니다. 좋은 성적에도 만족하지 않고 매년 변화구를 발전시키며 더 좋은 선수로 성장하고 있습니다.

최고의 외국인 투수라고 칭송받는 케이시 켈리와 달리 한국 프로야구에 적응하지 못하고 애를 먹고 있는 외국인 선수도 있습니다. 바로 잠실 더비에서 출전하지 못한 LG 트윈스의 외국인 타자 리오 루이즈입니다.

좌우를 가리지 않고 타구를 보낼 수 있는 중심 타자를 기대하며 영입한 리오 루이즈 선수, 하지만 쉽사리 본래 실력이 나오지 않아 류지현 감독의 근심이 깊습니다. 이호준 타격 코치의 족집게 과외도, 가장 답답해하는 선수 본인의 삭발 투혼도 별다른 효과가 없습니다.

상대 투수에게 위압감을 심어줘야 할 외국인 타자, 그런 역할을 기대하며 백만 달러에 영입한 리오 루이즈 선수는 4월 한 달 동안 기대에 미치는 못하는 최악의 성적을 기록하고 2군으로 내려갔습니다.

리오 루이즈 선수는 인성과 성실함에서 합격점을 받았지만 성실함 만으로는 프로의 세계에서 살아남을 수 없습니다. 이미 외국에서 활약한 모습을 바탕으로 영입하는 외국인 타자. 관건은 적응입니다.

적응에 실패하면 좋은 성적을 내기 어렵고, 성적이 좋지 않으면 스스로 쫓기게 됩니다. 심리적으로 불안한 상황에선 본래 실력도 나오지 않기 마련입니다. 본래 실력조차 발휘하지 못하면 성적이 나빠지면서 다시 스스로 쫓기는 악순환에 빠지게 되는 것입니다.

5월에 2군으로 내려간 루이즈 선수는 23일 만에 다시 1군에 복귀해 경기에 나섰지만 끝내 부진의 늪에서 빠져나오지 못했습니다.

가을 야구에서 더 나아가 우승까지 바라보기 위해서는 외국인 선수 3명이 모두 좋은 기량을 보여줘야 합니다. 결국 더 이상 기다릴 수 없었던 LG 트윈스는 5월 30일, 시즌이 시작되고 2달이 넘은 시점에서 리오 루이즈 선수의 방출을 결정합니다.

선수를 적재적소에 투입해 운영하는 것은 감독의 몫이지

만 좋은 선수를 데려오는 것은 단장의 몫입니다. 시즌이 진행되는 도중에 좋은 외국인 선수를 영입하기란 하늘에 별 따기 만큼이나 어려운 일이지만 차명석 단장은 희망을 버리지 않고 미국행 비행기에 몸을 싣습니다.

05
기회

시즌 중 야구의 본고장 미국으로 향한 차명석 단장에게 어려운 임무가 주어졌습니다. 바로 한방이 있는 강한 외국인 타자를 데려오는 것입니다.

미션 임파서블. 잘 알려진 영화 제목처럼 시즌 중 좋은 외국인 타자를 손쉽게 영입한다는 것은 불가능에 가까운 일입니다. 차명석 단장 역시 어려운 일이라는 것을 잘 알고 있습니다.

야구의 본고장이자 세계 최고의 선수들이 모여드는 메이저 리그. 각 팀들은 루키 리그부터 트리플에이 리그까지 수많은 하위 리그 팀을 통해 많은 선수들을 보유하고 있습니다.

이곳에서 외국인 타자를 영입하려는 한국 프로야구 팀들은 철저하게 을이 될 수밖에 없고 메이저 리그 팀들은 슈퍼

외국인 선수를 영입하는 시장 안에서는
철저하게 저희가 을이고 미국이 완전 슈퍼 갑이에요.

오늘까지 주기로 하고 다 합의 봤는데, MLB 선수 중에
누가 다치면 안 된다고 지금 얘 올려 보내야 한다고 우길 때가 있어요.

사인을 하기 전까지는 계약을 그냥
마음대로 파기하는 경우도 있지요.

갑이 됩니다.

서로 합의를 끝낸 계약도 메이저 리그 팀의 사정에 따라 일방적으로 파기되기 일쑤고 연락이 안 되는 일도 다반사입니다. 시즌이 끝난 스토브 리그[1] 때에도 상황이 이런데 시즌 중에 선수를 영입하기는 더없이 어렵습니다.

막상 뚜껑을 열어보기 전까지는 성패를 장담할 수 없는 외국인 선수 영입이지만 단장이 직접 나섰으니 조금이라도 성공 확률이 높아질 것 같은 기대감이 피어오릅니다.

문제는 안 그래도 어려운 외국인 선수 영입이 메이저 리그 시즌 중인 탓에 영입 후보군이 너무 적다는 것입니다. 거기에 팀 전력을 생각했을 때 좋은 활약을 펼치고 있는 국내 선수와 역할이 겹치지 않는 선수를 영입해야 합니다. 이런 모든 일을 신경 쓰다 보면 영입할 대상이 점점 더 적어진다는 문제가 생기게 됩니다.

메이저 리그에서 활약하기에는 살짝 부족하지만 마이너 리그에서는 좋은 활약을 펼치고 있는 힘 있는 내야수가 차명석 단장의 목표입니다. 좁은 후보군 가운데 차명석 단장

---

1 프로야구에서 한 시즌이 끝나고 다음 시즌이 열리기 전까지의 기간을 말한다. 계약 갱신이나 트레이드가 이루어지는 기간이기도 하다.

이 눈여겨보는 후보는 로벨 가르시아 선수입니다. 왼쪽과 오른쪽 모두에서 타격이 가능한 스위치 타자면서 내야수도 맡을 수 있는 선수입니다. 필요에 따라 외야 수비까지 할 수 있는 로벨 가르시아 선수는 차명석 단장이 원하는 실력을 갖추고 있는 선수입니다.

기록만 보고 판단 하기에는 한계가 있기에 차명석 단장은 신중하고 주의 깊게 가르시아 선수의 경기를 지켜봅니다. 어렵게 영입한 외국인 선수 세 명이 모두 좋은 활약을 하고 국내 선수들이 훈련한 대로 자리를 잡아야 안정적인 팀 운영이 가능합니다. 또 그렇게 되어야 감독이 구상한 야구를 할 수 있습니다. 반대로 외국인 선수 가운데 한 명이라도 제 활약을 하지 못한다면 팀은 불안해지고 미완성으로 느껴지게 됩니다.

외국인 선수를 기용하는 이유는 팀의 전력을 강화하기 위해서입니다. 2022년 시즌 초반, 롯데 자이언츠와 2위 자리를 놓고 치열한 접전을 펼쳤을 때처럼 외국인 선수의 타선 차이는 극명하게 나타나기 때문입니다.

외국인 타자의 경우 홈런이나 장타를 기대하고 타선을 구상하기 때문에 부진할 경우 득점력에 심각한 공백이 발생하게 됩니다.

결국 외국인 타자의 부진은 새로운 타선을 구상하게 만들기도 합니다. 급하게 바뀐 타선은 팀 운영에 큰 어려움으로 다가옵니다. 계속된 부진으로 2군까지 내려간 리오 루이즈 선수의 경우처럼 본인도 답답하겠지만 코칭스태프의 고민도 깊어갈 수밖에 없습니다.

시즌 초반 부진을 겪고 있는 리오 루이즈 선수를 바라보는 류지현 감독도 고민이 깊어갑니다. 시즌 중간에 변화를 준다는 건 큰 모험입니다. 그렇기에 더 지켜보기로 마음먹지만 외국인 타자의 공백은 생각보다 타격이 큽니다. 이제 LG 트윈스가 결정을 내려야 하는 순간이 다가오고 있습니다.

당연하게 생각했던 행동이 의도하지 않은 부작용을 낳기도 하고 또 어떤 것은 너무 공을 들인 탓에 포기하기가 쉽지 않습니다.

변화는 조심스럽고 어렵지만 차명석 단장은 미국으로 날아가 부진을 면하지 못하고 있는 리오 루이즈를 대신할 누군가를 데려와 팀을 변화시키려 합니다.

차명석 단장과 류지현 감독의 고민과 달리 변화는 다른 누군가에게는 더할 나위 없이 좋은 기회가 되기도 합니다. 3루 수비를 책임지며 타선의 해결사가 되어 줄 것을 기대했던 리

모든 것이 제자리를 찾지 못하고 헝클어지고 또 흩어집니다.

당연하게 생각했던 행동이 의도하지 않은 부작용을 낳기도 하고 또 어떤 것은 너무 공을 들인 탓에 쉽게 포기하기도 어렵지요.

큰 변화가 누군가에게는 새로운 기회가 됩니다.

첫 시즌 엔트리가 된 선수들이 새로운 기회를 잡기 위해 혹은 잡은 기회를 놓치지 않기 위해 변화의 몸부림을 치고 있습니다.

김우석 수비 코치

시즌 초 루이즈 선수가 왔을 때도 마찬가지고
선수가 들어오면서 내야 쪽 포지션에서 경쟁이 생기잖아요.

김민성 선수도 있었고.

문보경 선수도 마찬가지로 3루수에 있었고.

1군 선수 안에서도 경쟁이 상당해요.
거기서 밀려나면 안 되기 때문에 선수가 들어오면서
기존에 있던 선수들이 뒤로 밀려나는 상황이 생겼지만
어느 정도 경쟁심이 생기면서 시너지가 생기는 부분이 생겼을 거예요.
특히 문보경 선수가 더 했을 거예요.

문보경 선수

심수를 하면 투수한테 굉장히 미안하죠.
깔끔하게 처리를 했었으면 이닝이 깔끔하게 끝날 수 있는데

그 실수 하나 때문에
투수 템포나 리듬이 깨질 수도 있고

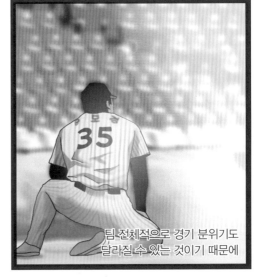

팀 전체적으로 경기 분위기도
달라질 수 있는 것이기 때문에

되게 마음이 불편하고 어떻게든 만회하고 싶어요.

오 루이즈 선수가 부진을 겪는 동안, 신예 내야수 문보경 선수는 많은 기회를 얻고 있습니다.

리오 루이즈 선수가 영입되기 전에는 베테랑 김민성 선수와 신예 문보경 선수가 LG 트윈스의 3루수 후보로 있었습니다. 3루수 외국인 타자 영입으로 자리를 잃었지만 경쟁이 끝난 것은 아니었습니다.

리오 루이즈 선수의 부진으로 다시 부여받은 기회, 수비 코치도 그런 문보경 선수를 더욱 채찍질하며 책임감과 자신감을 심어주려 노력합니다.

외국인 타자의 부재 속에 LG 트윈스의 3루수 자리는 김민성 선수와 문보경 선수가 번갈아가며 맡아 왔습니다. 하지만 새로운 외국인 타자 후보인 로벨 가르시아 선수가 합류하게 된다면 3루수 자리는 다시 한번 경쟁의 소용돌이로 내몰리게 될 것입니다.

새로운 외국인 타자에 대한 내용이 들려오는 동안에도 경기는 이어집니다. 국내 선수들로만 이뤄진 타선에 걱정도 있지만 6월 한 달 동안 있었던 22경기에서 16승 1무 5패로 상승세를 이어가고 있습니다. 좋은 분위기가 이어지는 가운데 그동안 소문만 무성했던 새로운 외국인 타자가 모습을 드러내면서 분위기는 절정에 이르렀습니다.

계약을 마치고 합류한 로벨 가르시아 선수는 연습에서 코치와 동료 선수들의 탄성을 자아내게 할 만큼 힘 있는 타격을 보여주며 기대를 높입니다. 류지현 감독 역시 수비에서 2, 3루는 물론 유격수까지 가능한 가르시아 선수가 팀에 활력을 불어 넣어줄 것으로 기대하고 있습니다. 타격에서는 힘 있는 타격을, 수비에서는 유연한 수비를 보여줄 수 있는 이상적인 외국인 선수가 LG 트윈스에 합류한 것입니다.

하지만 이런 기대감을 확인도 하기 전에 생각지 못한 변수가 발생하고 말았습니다. 1군 합류를 눈앞에 둔 상황에서 로벨 가르시아 선수가 부상을 입고 말았습니다. 전반기 합류가 불투명한 상황. 이젠 로벨 가르시아 선수가 회복 훈련을 통해 최대한 빨리 복귀하기를 바라는 수밖에 없습니다.

새로운 선수에 대한 기대와 걱정이 교차되는 가운데, 좋은 성적을 이끌어온 중심에는 주장 오지환 선수가 있었습니다. 그런 오지환 선수는 이제 그 역할이 더욱 중요해집니다.

팀 성적과 분위기에 더해 개인 성적까지 신경 써야 하는 주장 자리는 어려운 자리입니다. 수십 명의 코칭스태프와 선수단 사이에서 메신저 역할을 하는 건 물론, 어쩌다 생긴

오해를 풀고 입장을 대변해야 하기도 합니다.

선수들의 분위기가 헝클어지지 않도록 세심하게 신경 써야 하는 자리면서 선수들이 의지할 수 있는 단단한 기둥 같은 자리이기도 합니다. 책임감이 강한 오지환 선수는 이런 주장 자리에 적격인 선수이지만 희생과 노력이 필요한 만큼 쉽지 않은 자리입니다.

주장의 바람과 같이 선수들이 똘똘 뭉친 덕분인지 LG 트윈스는 외국인 타자가 없는 상황에서도 좋은 경기력을 보이며 순항 중입니다. 7월에 열린 여섯 경기에서도 상승세가 꺾이지 않고 5승 1패라는 좋은 성적을 거뒀습니다.

오지환 선수는 좋은 분위기를 이어나가려 여느 때처럼 연습 중에도 가장 큰 목소리로 동료들을 격려합니다. 곧 다시 돌아오는 영원한 라이벌 두산 베어스와의 3연전을 준비하기 위해서입니다.

7월 8일, 두산 베어스와 겨룬 1차전은 LG 트윈스의 상승세를 그대로 보여주는 경기입니다. 폭죽처럼 터진 타선의 활약 속에 11 대 4라는 대승을 거둡니다.

이어서 다음날 벌어진 2차전은 역전에 역전을 거듭하는 명승부가 펼쳐집니다. 1회에 기분 좋게 2점을 득점하며 앞서나

가는 LG 트윈스, 하지만 잘 던지고 있던 임찬규 선수가 4회
부터 흔들리기 시작합니다.

이때부터 양 팀은 7회까지 앞서는 팀이 5번이나 바뀔 만
큼 치열한 접전을 펼쳐나갑니다. 스프링 캠프에서 타격 자
세를 바꾼 유강남 선수가 7회 대타로 나서 역전 적시타[2]를
날렸고 8회 오지환 선수가 승부에 쐐기를 박는 적시타를 터
뜨리는 명승부로 승리에 마침표를 찍습니다.

어린이날 잠실 더비 못지않게 라이벌 두산 베어스와의 맞
대결 승리는 언제나 짜릿한 여운을 남깁니다. 잠실의 주인은
LG 트윈스라는 자부심은 덤입니다.

1, 2차전을 승리하고 3차전까지 화끈한 타격을 보여주며
대승, 3연전을 모두 쓸어 담는 LG 트윈스의 모습은 어린이
날 잠실 더비 패배를 잊게 만들었습니다.

팀 분위기가 가장 좋은 이 시점에 LG 트윈스에는 확실한
변화가 생깁니다. 합류 이후 연습에서 좋은 모습을 보였지
만 부상으로 데뷔가 미뤄진 외국인 타자 로벨 가르시아 선수
가 부상을 떨쳐내고 본격적으로 합류하게 된 것입니다.

오지환 선수는 자신의 배트를 가르시아 선수에게 선물하

---

2 누에 주자가 있을 때 쳐서 점수를 올린 안타를 말한다.

며 한 팀으로 활약하기를 기대해 봅니다. 이번 시즌 김현수 선수의 배트를 선물로 받고 연신 홈런을 터뜨리며 활약 중인 오지환 선수는 자신의 행운을 외국인 타자에게도 나눠주고 싶은 마음입니다.

로벨 가르시아 선수는 7월 26일 경기에 데뷔해 첫 안타로 신고를 마치고 나쁘지 않은 성적을 보여줬습니다. 하지만 장타력은 LG 트윈스의 기대에 미치지 못하고 있습니다. 홈런 하나에 그치고 있는 상황에서 20여 일 만에 데뷔 전 상대였던 SSG 랜더스를 다시 만나게 됩니다.

미리 보는 한국시리즈라는 애칭으로 불릴 만큼 1, 2위 경쟁이 치열한 SSG 랜더스와 LG 트윈스의 맞대결. 정규 시즌이 두 달 남짓 남은 시점에서 1위 팀과의 맞대결은 반드시 승리해야 하는 중요한 경기입니다.

채은성 선수의 적시타와 오지환 선수의 홈런으로 3점을 먼저 올리며 앞서 나가는 LG 트윈스. 하지만 로벨 가르시아 선수는 삼진으로 물러나며 아직 자신에 대한 팬들의 물음표를 지우지 못합니다.

여전히 앞서나가던 6회. 선두 타자 문성주 선수가 홈런을 터뜨리며 차이를 벌리고 뒤이어 좌타석에 로벨 가르시아 선수가 등장합니다.

그리고 보란 듯이 우측 담장을 넘기는 백투백 홈런[3]을 날립니다. 장타에 목말라 있던 선수 본인은 물론 더그아웃에서도 환호성이 터집니다. 외국인 선수에게 거는 기대감을 완벽히 충족시켜준 가르시아 선수는 7회에는 우타석에 들어서 다시 한번 홈런을 날립니다.

한국 프로야구 역대 다섯 번째 좌우 연타석 홈런을 날리며 제대로 한국 야구에 적응한 모습을 보여줍니다. 어쩌면 오지환 선수가 로벨 가르시아 선수에게 선물한 배트의 효과일지도 모르겠습니다.

홈런 네 개를 날리며 화끈한 화력쇼를 보여준 LG 트윈스는 8 대 4로 1위 SSG 랜더스를 제압하며 3연승을 거둡니다. 이번 승리로 1위 탈환에 한걸음 더 다가섰습니다. 승리와 더불어 장타력이 걱정되던 로벨 가르시아 선수의 부활을 알리는 홈런 두 방은 승리만큼 값진 선물이었습니다.

---

3 앞선 타자가 홈런을 치고, 뒤이어 다음 타순의 타자가 또 홈런을 치는 것을 말한다.

06

그해 여름

매일 새로운 기회를 마주하며 숨 가쁘게 달리다 보니 어느덧 시즌 중반입니다. 시즌 전의 기대에 걸맞게 선수들은 멋진 경기를 펼쳤고 승수를 많이 챙긴 성공적인 시즌이었습니다. 하지만 긴 시즌을 보내다 보면 항상 여러 변수가 발생하기 마련입니다. 이 변수를 얼마나 잘 관리하냐에 따라 남은 시즌의 성적이 좌우되기도 합니다.

LG 트윈스의 타선에 활력을 불어넣어 줄 것이라 기대한 외국인 선수 로벨 가르시아가 제대로 활약을 펼치기도 전에 부상을 입었습니다. 로벨 가르시아 선수뿐만이 아닙니다. 따뜻한 봄을 지나 무더운 여름을 맞이하며 80경기 넘게 치르는 동안 컨디션 난조를 겪는 선수들이 하나, 둘 생기기 시작했습니다.

모든 팀이 열심히 시즌을 준비하고 정규 리그에 나서지만 객관적인 전력 외에 작은 변화, 실수, 행운 같은 요소들이 팀과 승부의 분위기를 수시로 바꿉니다.

예상치 못한 변수와 변화무쌍한 외부 요소들로 인해 날마다 새로운 승부가 펼쳐지는 스포츠가 야구입니다. 메이저리그의 전설적인 선수 '밥 펠러'는 야구를 두고 이렇게 얘기했습니다.

"매일매일이 새로운 기회다. 어제의 성공을 기반으로 할 수 있고 실패를 뒤로하고 다시 시작할 수도 있다. 매일 새로운 경기를 하는 것이 삶의 방식이고 야구 역시 그런 것이다."

야구는 겨울에 준비해서 봄과 여름, 가을까지 세 계절을 달려야 하는 긴 여정의 스포츠입니다. 그 가운데 여름은 가만히 앉아서 경기를 보고만 있어도 땀이 줄줄 흘러내리는 힘든 계절입니다. 그라운드에서 뛰어야 하는 선수에게는 체력적으로 매우 고된 시련의 시간입니다.

모두에게 힘든 여름이지만, 이호준 코치는 그만큼 투수의 실투도 많이 들어오기 때문에 그나마 타자가 낫다고 말합니다. 하지만 그늘 한 점 없는 그라운드에서 경기를 준비하며 훈련하고 경기까지 치러야 하는 선수들에게 여름은 누가 낫다 할 것 없는 그야말로 지옥일 것입니다.

모든 팀들이 가장 힘들어하는 시기이고 LG 트윈스 역시 마찬가지입니다. 무더운 날씨로 떨어진 체력은 단지 경기력에만 영향을 주는 것이 아닙니다.

이미 시즌이 중반까지 진행되며 많은 경기를 치른 탓에 생긴 잔부상들도 큰 문제입니다. 거기에 더해 새로운 부상을 입을 수도 있기 때문에 코치진과 트레이닝 파트는 치열한 승부만큼 선수들의 건강도 큰 걱정거리입니다. 코치들과 트레이닝 파트는 선수들이 건강하게 이 시기를 지나가는 것에 초점을 맞춥니다.

코치들은 선수들의 몸 상태에 따른 체력 안배를 위해 출전 시간을 철저히 조절합니다. 트레이닝 파트는 부상의 조짐이 보이는 선수들의 몸 상태를 끊임없이 체크합니다.

훈련 역시 기량 상승보다는 회복에 초점을 맞춰 진행합니다. 출전하지 않는 날에는 체력 회복과 관리에 신경 쓰도록 선수들을 지도합니다.

여름철에는 회복 싸움이지
훈련 싸움은 아니에요.

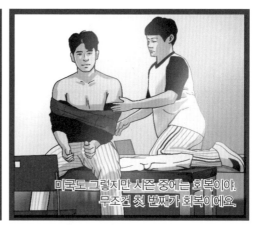

미국도 그렇지만 시즌 중에는 회복이야.
무조건 첫 번째가 회복이에요.

경헌호 투수 코치

온도하고 습도 때문에 선수들 올라가서 땀 흘리고
저도 경험해 봤으니까 되게 힘든 상황인 걸 알아요.

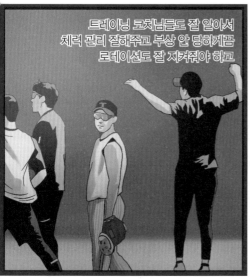

트레이닝 코치님들도 잘 알아서
체력 관리 잘해주고 부상 안 당하게끔
로테이션도 잘 지켜줘야 하고

그다음에 될 수 있으면 멀티 이닝 연투,
이런 걸 자제하려고
노력은 많이 하고 있는 편입니다.

채은성 선수가 어제 햄스트링
오리잡을 했는데요.
글루하고 햄스트링 경계선 쪽에
그쪽에 스트레스가 좀 있어요.

채은성 선수는 계속 체크하자.

문보경 선수는 어쨌든 지난번에
옆구리 쪽에 문제가 있어서
3일 정도 쉬고 들어갔잖아.

이권엽 컨디셔닝 코치

완전히 클리어하다고 보기에는 어려울 것
같고요. 본인도 뭔가 좀 이상하다는 걸
느끼고 있는 상태인 것 같습니다.

오히려 치료를 해도 치료 통증이 남아있어서
손을 댄다거나 전기치료를 하게 되면
그 통증으로 인한 것도 좀 같이 연관이 돼 있어서

김용일 수석 트레이닝 코치

부상 없이 끝내는 게 선수에게 정말 중요한
일이고, 우리에게도 상당히 중요하니까
잘 관찰하자고.

하지만 젊은 선수들의 속사정은 조금 다릅니다. 144경기를 처음부터 끝까지 소화해 본 경험이 부족한 가운데 치열한 주전 경쟁은 여름이라고 해서 멈추지 않기 때문입니다. 갈 길 바쁜 주전 경쟁에서 무더운 날씨를 핑계로 훈련 강도나 시간을 줄일 만큼 마음의 여유가 없습니다.

젊은 선수들은 감독, 코치진의 눈에 들 수 있도록 절실한 마음을 담아 훈련도 백 퍼센트 전력을 다하고 있습니다. 주전으로 자리 잡기 위한 젊은 선수들의 노력은 여름이라고 꺾이지 않습니다.

각자의 사정을 담고 진행된 정규 리그는 벌써 전반기 끝을 향해 달리고 있습니다. LG 트윈스는 전반기 막판 삼성 라이온즈, 두산 베어스와의 3연전을 모두 승리해 6연승을 기록할 만큼 순위 싸움에 열을 올리고 있습니다.

전반기가 마무리된 시점에서 LG 트윈스의 순위는 3위. 하지만 1위 SSG 랜더스와 다섯 게임, 2위 키움 히어로즈와는 겨우 반 게임 차이입니다. 후반기 2위는 물론 1위까지도 노려볼 수 있는 위치에 올라왔습니다.

---

1 허벅지 뒤쪽의 세가지 주요 근육 부위. 서기, 걷기, 달리기에 꼭 필요한 근육이다.

올스타 브레이크

치열한 순위 싸움 속에 매일 경기를 치르며 지쳐가는 선수들이 손꼽아 기다리는 때가 있습니다. 올스타전과 함께 찾아오는 야구 선수들의 여름방학, 올스타 브레이크가 그때입니다. 긴 여정과 무더위에 지쳐있는 선수들에게 꿀맛 같은 일주일의 휴가는 더없이 반갑습니다.

LG 트윈스의 젊은 선수들도 올스타 브레이크를 맞아 한자리에 모였습니다. LG 트윈스의 미래 자원으로 평가받는 2018년 입단 동기 문성주 선수와 이재원 선수, 송찬의 선수입니다. 서로에게 의지가 되기도 하고 때로는 자극을 주는 사이입니다.

오랜만에 야구장을 벗어나 재충전의 기회를 가진 세 선수는 오랜만에 설렘을 안고 물놀이를 떠납니다. 어린 나이에 프로의 세계로 뛰어든 세 선수는 또래들이 쉽게 즐기는 것들이 낯설기만 합니다. 모터보트 뒤에 매달려 신나게 즐긴 선수들은 보양식까지 함께 곁들이며 제대로 재충전의 시간을 가집니다.

야구장을 벗어났지만 이들에게 야구 얘기가 빠질 수는 없습니다. 데뷔 후 가장 좋은 성적을 올리고 있는 문성주 선수는 후반기에도 지금의 기세를 유지하는 것이 목표입니다. 반면 이재원 선수와 송찬의 선수는 아쉬움이 가득합니다.

1군에 오는 것이 목표였지만 1군에 올라선 지금은 제대로 기회를 살리지 못하고 있는 것이 못내 마음에 걸립니다. 그렇다고 안심하거나 좌절하고 있지는 않습니다. 젊은 선수들 각자의 사정은 조금씩 다르지만 자신만의 야구를 보여주겠다는 각오만큼은 같은 마음입니다.

팀의 주장인 오지환 선수는 올스타전에 출전해 활약한 이후 아내와 함께 잠실야구장으로 향합니다. 좀처럼 아내에게 야구 얘기를 꺼내지 않는 오지환 선수지만 치열한 순위 싸움과 주장이기에 가질 수밖에 없는 책임감과 압박감을 털어놓습니다. 원래 책임감이 강한 선수지만 개인 성적과 팀 성적, 분위기를 모두 잡아야 하는 주장이기에 남들이 이야기하는 것처럼 야구를 즐길 수가 없습니다. 다만 은퇴하기 전까지 꼭 한번 우승을 경험하고, 또 되도록 많이 경험하겠다는 목표는 잊지 않고 달려갈 생각입니다.

아직은 3위에 머물러 있지만 주장 오지환 선수의 목표는 지금보다 훨씬 높은 곳을 바라보고 있습니다.

오지환 선수

매 시즌 항상 중요하다고 생각하지만
우승 하나만 보고 가고 있기 때문에
꼭 제가 은퇴하기 전까지는 우승을 하겠다고,
그리고 많이 하겠다고 약속을 드리고 싶습니다.

야구는 예측할 수 없는 부분들이 상당히 많아요.
에러를 하기 위해 디자인됐다는 말도 있어요.
실수에 의해서 득점을 하고 투수의 실투로 타자가 공을 칩니다.

김우석 수비 코치

이런 상황에 어떻게 대처를 할 거고
큰 변화를 주지 않고 계속 유지할 수 있는
방법들을 생각하고 준비를 했었던 것들이 있었지요.

후반기

이제 남은 경기는 60경기. 전반기보다 적은 경기가 남은 후반기는 모든 경기가 중요하고 순위 싸움에 결정적인 영향을 미치기 때문에 전반기보다 치열한 승부가 펼쳐집니다. 꿀맛 같은 휴가를 마친 선수단은 후반기 경기를 위한 준비를 시작합니다. 경기 중 발생할 수 있는 상황을 확인하고 그에 맞춰 연습하는 데 구슬땀을 흘립니다.

LG 트윈스는 1, 2위와 경기 차가 크지 않은 3위로 전반기를 잘 마쳤습니다. 하지만 후반기에 순위가 밀린다면 가을야구[2]를 좋은 위치에서 시작하기 어렵기 때문에 전력을 다해 치고 올라가야 하는 시기입니다.

젊은 선수들은 휴식 기간 컨디션을 충분히 회복한 덕분인지 후반기 들어 두드러진 활약을 보여줍니다. 8월 6일 키움 히어로즈를 상대로 영건 이민호 선수의 호투와 함께 타선은 홈런 두 개를 포함하여 총 12점을 뽑아냈습니다. 젊은 타자들의 활약으로 승리한 LG 트윈스는 그동안 2위 자리를 두고 엎치락뒤치락하던 상황에서 전날 빼앗긴 2위 자리를 다

---

2 정규 시즌이 끝난 뒤 최종 우승팀을 결정하기 위해 벌이는 경기. 포스트 시즌을 말한다.

언제든 뒤집힐 수 있는 순위이기에
3위라고 안심하기엔 아직 이릅니다.

만약 여기서 밀린다면 가을야구를
좋은 위치에서 시작하기 어렵습니다.
어떻게든 순위를 치고 올라가야 하는 시기입니다.

LG 트윈스 젊은 선수들의
활약이 두드러졌습니다.
짧았지만 컨디션을 회복하는데 충분했나 봅니다.

젊은 선수들의 활약으로
LG 트윈스가 다시 2위까지 올라갑니다.

후배들의 활약을 옆에서 지켜보는 선임 선수가 있습니다.
오지환과 함께 LG 트윈스 프랜차이즈 스타이자
23년도 FA를 앞두고 있는 투수조 조장 임찬규입니다.

신인 시절부터 선발과 불펜을
오가며 맹활약한 LG 트윈스에서
빼놓을 수 없는 투수 자원입니다.

그런데 올해 임찬규의 성적이 영 말이
아니었습니다. 상반기 내내 부진한 성적을
보이며 선발 투수 경쟁에서 밀리기도 했습니다.

임찬규 선수가 상반기의 부진을 떨쳐버리고
다시 기회를 잡을 수 있을까요?
그런데 그 찬스는 좀처럼 찾아오지 않았습니다.

시 재탈환하는데 성공합니다.

젊은 선수들의 활약을 곁에서 지켜보는 임찬규 선수는 후배들의 활약과 팀의 승리를 기뻐하지만 마냥 웃을 수만은 없습니다. 2023년 FA를 앞두고 투수조 조장을 맡았지만 이번 시즌 성적이 신통치가 않습니다.

신인시절부터 선발과 불펜을 오가며 맹활약한 LG 트윈스에서 빠질 수 없는 투수 자원이지만 전반기 내내 부진한 투구로 선발 경쟁에서 밀려나기도 했습니다. 전반기 부진을 딛고 일어서기를 기대해 보지만 쉽지가 않습니다. 소위 긁히는 날과 그렇지 못한 날의 차이가 너무 컸습니다.

류지현 감독도 1회 임찬규 선수의 구속이나 컨디션을 보고 그날 경기의 향방을 가늠할 만큼 기복이 크다 보니 선수 본인이 받는 스트레스도 이만저만이 아닙니다. 임찬규 선수는 절망과 희망을 반복적으로 오가는 자신의 상황을 반 고흐의 수채화에 빗대어 말합니다. '야구가 참 어렵다'는 임찬규 선수의 말에서 자기 자신에 대한 실망이 엿보입니다.

FA를 앞둔 중요한 해이자 우승에 도전하기 가장 좋은 시즌이라는 점들이 부담으로 이어진 것 같습니다. 잘해야 한다는 생각이 압박감으로 다가오면서 오히려 자기 기량을 못

펼치는 상황입니다. 김광삼, 경헌호 두 코치도 임찬규 선수의 부진 원인 중 하나로 이 부분을 지적했습니다.

후반기에는 부진을 털어내기 바라며 다시 선발 투수로 마운드에 오른 8월 21일, 상대는 잠실 라이벌 두산 베어스입니다. 4연승을 달리고 있는 상황에서 두산 베어스를 상대로 승리해 5연승을 이어간다면 더없이 좋은 분위기를 만들어 낼 수 있을 것입니다.

1회 LG 트윈스가 선취점을 뽑아내며 좋은 출발을 보여줍니다. 하지만 곧바로 이어진 2회, 안타와 볼넷으로 순식간에 두 명의 주자를 허용한 임찬규 선수. 선취점을 완벽히 지키고 싶었던 것인지 상대 타자의 평범한 번트 타구를 잡아 아무도 없는 3루 베이스로 던지고 말았습니다.

부담감에 사로잡혀 저지른 이 실책은 상대팀에게 결승점을 헌납하고 팀의 연승도 지키지 못했으며 본인도 선발 투수로 5회를 채우지 못하는 계기가 되고 말았습니다. 잘해야 한다는 마음이 독으로 돌아온 또 한 번의 경험. 투수조 조장 임찬규 선수는 후배들을 똑바로 바라볼 수가 없습니다.

투수가 심리적으로 흔들리면 그 불안감이 벤치와 포수는 물론 투수 뒤에 서있는 수비수들에게까지 전달되며 팀이 전

체적으로 흔들리게 됩니다.

 이런 사실을 누구보다 잘 알고 있기에 불안감을 떨쳐버리고 집중하려 하지만 경기는 임찬규 선수의 마음처럼 되지 않습니다.

 어디서부터 무엇이 잘못된 것인지 모를 답답함은 인터뷰를 통해서도 전달됩니다. "너무 잘하고 싶었으니까…."라고 눈물을 흘리며 말끝을 흐리는 모습에서 차마 털어놓지 못한 임찬규 선수의 속마음이 조금은 전달됩니다.

07
투수들

2022년 시즌이 끝난 어느 날. LG 트윈스에 몸담았던 심수창 해설 위원이 임찬규 선수를 만났습니다. 서로의 안부를 시작으로 여담을 나누던 둘의 대화는 자연스레 야구로 흘러갑니다.

성적이 좋지 않았던 임찬규 선수는 데뷔 후 최악의 시즌이라고 생각할 만큼 이번 시즌에 대한 아쉬움이 짙게 묻어납니다. 그래서인지 시즌을 마감하고 예년보다 훨씬 일찍 운동을 시작했습니다.

6승 11패, 프로야구 선수들에게 매우 중요한 FA를 앞두고 받은 성적표는 조금 초라했습니다. FA는 높은 연봉과 다년 계약으로 안정감을 거머쥘 수 있는 절호의 기회이자 권리입니다. 하지만 프로야구 선수라고 해서 아무나 누릴 수 있는 제도는 아닙니다.

1시즌 기준 1군에서 145일 이상, 이렇게 8시즌을 온전히 보내야 얻을 수 있는 권리가 FA입니다. 임찬규 선수는 2022년 시즌을 마치며 FA 조건을 충족했습니다. 시즌 성적이 다소 좋지 않았지만 어렵게 얻은 기회이고 중간, 선발을 오가며 전천후로 활용이 가능한 임찬규 선수의 가치를 생각했을 때 당연히 FA 신청을 할 것으로 생각했습니다.

심수창 해설 위원도 마찬가지로 임찬규 선수의 FA 신청을 예상했지만 이런 모두의 예상은 빗나가고 말았습니다. 임찬규 선수 스스로도 고민이 많았음을 얘기합니다.

이적을 결심할 경우 좋은 대우와 많은 연봉이 따라올 수도 있기에 야구를 직업으로 삼은 선수에게 FA는 중요한 결정입니다. 하지만 임찬규 선수가 고민 끝에 FA 신청을 미룬 이유는 하나였습니다. '떠나고 싶지 않다. 좀 더 잘해서 좋은 대우를 받고 LG 트윈스에 남고 싶다'가 그 이유였습니다.

임찬규 선수 외에 주축 선수였던 채은성, 유강남 선수도 FA 자격을 얻은 상황입니다. 상황에 따라 성적이 좋지 않았던 자신이 LG 트윈스를 떠나게 될지도 모른다는 복잡한 셈

법까지 고려한 결정이었습니다.

하지만 복잡한 상황과 성적의 부진을 생각하더라도 FA 신청을 미루는 결정은 쉬운 일이 아닙니다. 당장 내년에 부상이 생길 수도 있고 성적이 더 좋아진다는 보장도 없기 때문입니다. 더구나 임찬규 선수는 새로운 시즌에 다시 경쟁을 이어가야 하고 어쩌면 2군에서 시간을 보내야 할지도 모릅니다. 이런 불확실한 상황을 감수하면서까지 임찬규 선수는 FA 신청을 미룬 것입니다.

심수창 해설 위원은 그런 임찬규 선수를 '승부사'라고 얘기합니다. 모든 것이 불확실한 상황에서 팬들과 가족, 팀원은 물론 구단 스태프들에게까지 실력으로 일어나 떳떳하고 싶다는 그의 마음을 높이 산 찬사일 것입니다.

불펜 투수들

투수들은 자신만의 방식으로 경기를 준비합니다. 공을 던지기 전에 만지는 로진백[1]을 사용하는 방법, 호흡을 가다듬

---

1 손이 미끄러지는 것을 막기 위해 투수가 사용하는 작은 주머니. 송진 가루가 들어 있어 미끄럼을 막아준다.

는 패턴, 공을 손에 익숙하게 만드는 버릇까지 이 모든 것이 가장 완벽하게 공을 던지기 위한 주문과도 같습니다.

투수 손에서 공이 떠날 때 시작되는 게임이기에 야구는 흔히들 투수 놀음이라고 합니다. 막중한 책임감을 가지고 마운드에 오르는 투수들은 어떤 마음일지 궁금해집니다.

임찬규 선수는 열심히 준비했지만 이번 시즌의 결과는 그다지 좋지 않았습니다. 시즌 초반 이런저런 부상까지 겹치면서 시작이 좋지 않았지만 류지현 감독은 변함없는 신뢰를 보여줬습니다. 이제 임찬규 선수는 부진을 극복하고 그 믿음에 보답해야 할 차례입니다.

9월 28일. 한화 이글스와 맞붙을 때까지 한 달이 넘는 시간 동안 1승도 올리지 못한 임찬규 선수가 다시 선발로 마운드에 오릅니다.

마운드에 오른 임찬규 선수의 눈빛은 뭔가 달라진 모습입니다. 그리고 달라진 모습처럼 완벽한 투구가 이어집니다. 임찬규 선수가 던지는 공에 한화 이글스의 타자들은 3회까지 한 명도 1루 베이스를 밟지 못했습니다.

타자가 가장 치기 어려운 위치에 공을 꽂아 넣어 삼진을 잡아내면서 6회까지 무실점, 일곱 개의 탈삼진, 허용한 안

투수들이 공을 던지기 전에
손에 묻히는 로진백입니다.

투수들은 자신만의 루틴으로
경기를 준비합니다.

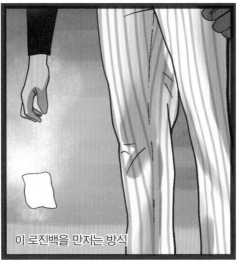

이 로진백을 만지는 방식

호흡을 가다듬는 패턴

공을 손에 익숙하게 만드는 버릇까지

가장 완벽한 공을 던지기 위한 주문입니다.

또한 야구는 투수 놀음이라고도 합니다.

투수 손에서 공이 떠날 때부터
비로소 게임이 시작되죠.

그런 막중한 책임을 가지고 서는 마운드
투수는 어떤 기분일까요?

9월과 10월.
정규리그를 마무리하는 이 시기,

마운드에서 투수들은 더욱
거세지는 상대팀의 막바지
공격을 버텨냅니다.

물론 선발 투수 혼자서는 할 수 없죠.
투수 왕국이라 불리는 LG 트윈스의 경우
불펜 투수들이 그 힘의 원천입니다.

경헌호 투수 코치

선발 투수가 빨리
무너지는 상황에서 나오는 선수를

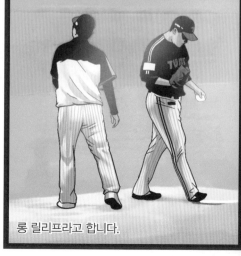

롱 릴리프라고 합니다.

여름 들어 선발 투수가 2회 내지
3회 정도에서 내려왔을 때는

롱 릴리프 선수가 5회 혹은 6회까지
끌고 가줘야 해요.
그래야 뒤에 나오는 선수한테
과부하가 안 걸리기 때문이죠.

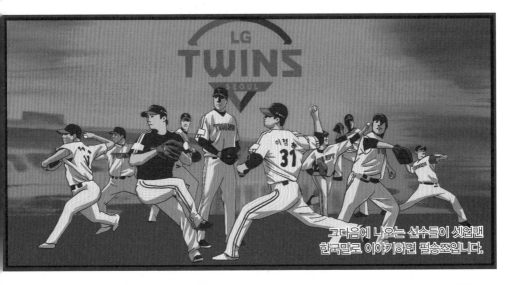

그다음에 나오는 선수들이 셋업맨
한국말로 이야기하면 필승조입니다.

타는 단 두 개뿐입니다. 임찬규 선수가 이번 시즌 들어 가장 완벽한 경기를 펼쳐냅니다.

임찬규 선수의 호투에 이어 김대유 송은범, 최성훈, 김진성, 진해수, 이정용까지 든든한 불펜 투수들이 상대 타자에 따라 최고의 공을 던지며 승리를 지켜 냅니다.

경헌호 코치와 이야기한 대로 적절한 힘 배분을 통해 속도를 조절하고 다양한 변화구로 투구 패턴을 과감하게 바꾼 임찬규 선수가 긴 부진의 터널에서 벗어났습니다. 거기에 뒤를 받치는 불펜 투수들의 호투가 하모니를 이룬 완벽한 경기였습니다.

정규 리그를 마무리하는 9월과 10월이 되면 마운드에 있는 투수들은 더욱 거세지는 상대팀의 막바지 공격을 버텨내야 합니다. 가을 야구에서 유리한 고지를 점령하기 위해 벌어지는 치열한 막판 순위 싸움은 공격도 중요하지만 집요한 공세를 막아내는 투수들의 이른바 '짠물 투구'가 어느 때보다 필요합니다.

투수왕국, 특히나 홀드왕과 세이브왕을 포함해 리그에서 가장 뛰어난 불펜을 보유한 LG 트윈스는 시즌 막바지를 버텨 줄 최강의 방패를 가진 셈입니다.

선발 투수가 일찍 무너질 경우 마운드에 올라와 긴 이닝을 맡아주는 선수는 롱 릴리프라고 부릅니다. 롱 릴리프는 뒤에 올라올 선수들의 부담을 줄여줄 수 있습니다. 경기 후반에 주로 투입되는 필승조는 강력한 구위로 승리를 지켜내는 선수들입니다. LG 트윈스는 이렇게 강력한 불펜을 가지고 있기에 투수 왕국이라고 불리고 있습니다.

불펜 투수는 긴박한 상황에서 위기 해소를 위해 투입되는 경우가 많습니다. 그렇기 때문에 성공과 실패가 짧은 시간에 명확하게 나타나고 실점 위기 상황에서의 등판은 상대적으로 크게 부담을 가질 수밖에 없습니다.

각 구단은 선발 투수를 꾸리기 위해 심혈을 기울이지만 그에 못지않게 강력한 불펜, 특히 필승조를 꾸리는 것에도 심혈을 기울입니다. 선발 투수가 아무리 훌륭하게 경기를 끌고 가더라도 모든 경기를 끝까지 마무리할 수는 없습니다.

유리한 상황에서는 현재의 분위기를 지켜내고, 위기 상황에서는 해결사로 등장해 팀의 승리를 지켜 내는 불펜의 능력은 매우 중요합니다. 불펜의 차이는 144번의 경기를 치르는 장기 레이스에서 승수와 직결되는 또 다른 핵심 전력입니다.

불펜이 약한 팀은 역전패가 많고 역전승이 힘들 수밖에 없습니다. 불펜 평균자책점 리그 1위, 철벽 불펜이라 불리는 LG 트윈스는 다른 팀들에 비해 상대적으로 경기 후반을 좀 더 편안하게 지켜볼 수 있습니다. LG 트윈스는 지고 있더라도 언젠가는 역전을 할 수 있을 거라는 희망을 품게 만드는 야구를 하고 있습니다.

경기 후반 주로 투입되는 이정용 선수, 구단 역사상 최다 홀드를 기록한 정우영 선수, 리그 최연소 40세이브를 기록한 고우석 선수로 이어지는 필승조를 보유한 LG 트윈스는 역전을 허용하지 않기로 유명합니다.

필승조 선수들은 불펜 투수들 가운데 승리의 순간을 완벽하게 장식하기 위한 상황에서 주로 등판합니다. 하지만 모든 불펜 투수가 이기고 있는 상황에서만 등판할 수는 없습니다. 팀이 지고 있는 상황에서 무거운 부담감을 안고 추격조로 마운드에 올라야 하는 선수들도 있습니다.

마운드에 오르는 타이밍을 어느 정도 인지하고 준비하는 필승조와 달리 추격조는 팀의 점수와 상관없이 어느 상황에서나 준비를 해야 하는 불펜 선수들입니다.

추격조 선수들은 선발 투수와 필승조에 비해 관중들의 주목과 관심에서는 다소 벗어나 있지만 LG 트윈스를 강팀으로 만들어준 또 다른 요소입니다. 그런 선수들에게 김광삼 코치는 고마운 마음과 미안한 마음이 가득합니다.

2022년 시즌 LG 트윈스 투수진 최고의 영입이라 손꼽히는 김진성 선수가 바로 이런 역할을 맡아 준 선수들의 대표주자입니다. 지고 있는 상황에 등판해 다소 무리를 하더라도 필승조가 이기는 상황에 더 집중할 수 있도록 배려와 희생을 감수하며 버팀목이 되어주었습니다.

이런 책임감 넘치는 모습은 팀 전체로 확산되었고 개인 성적도 좋아지는 선순환으로 보답받고 있습니다. 선발진이 무너져도 불펜이 버텨준다면 승부는 언제든 뒤집을 수 있습니다. 이기는 경기를 지켜내고 팀이 역전을 할 수 있도록 버텨주는 것이 LG 트윈스의 불펜진입니다.

리그 최고로 평가받는 LG 트윈스의 철벽 불펜이지만 가장 큰 주목과 관심을 받는 선수는 역시 선발 투수일 것입니다.

대부분의 프로야구 투수들은 1회부터 9회까지 경기를 책임지는 주인공을 상상하며 꿈을 키워 프로에 입문한 선수들일 것입니다. LG 트윈스 불펜의 기둥인 고우석 선수나 정우영 선수도 마찬가지입니다.

하지만 각자 차이를 인정하고 노선을 변경하거나 주인공

욕심을 잠시 접어두고 투구폼과 공을 던질 수 있는 체력 등을 고려해 코칭스태프가 정해준 임무에 최선을 다하고 있습니다.

누구나 바라는 화려한 주인공의 꿈을 미뤄두고 팀을 위해 맡겨진 임무에 최선을 다하는 불펜 투수들의 모습은 진정한 프로 의식이라 칭찬받아 마땅할 것입니다.

9월 25일. 1위 SSG 랜더스와 겨루는 마지막 원정 경기에서 선발 투수로 나설 예정이던 플럿코 선수에게 문제가 생깁니다. 경기 직전 몸에 불편함을 호소한 플럿코 선수. 갑작스러운 상황에서 선발 투수를 변경할 수가 없습니다.

단 한 명의 타자도 상대하지 못하고 선발 투수가 내려오는 처음 겪는 사태입니다. LG 트윈스는 이번 경기를 불펜 투수들로만 끌고 나가야 합니다.

리그에서 인정받는 불펜진을 보유한 LG 트윈스지만 이렇게 한 경기를 잘게 쪼개어 불펜 투수들이 모두 등판시켜야 하는 경기는 부담이 클 수밖에 없습니다. 경기 뒤 후유증까지 걱정되는 상황은 코칭스태프 입장에서는 꺼려지는 것이 사실입니다.

하지만 시즌 막판 중요한 경기, 선발 투수의 급작스러운 부상으로 모든 불펜을 투입해서라도 경기를 끌고 가보기로 합니다.

최성훈 선수를 시작으로 무려 10명의 불펜 투수가 많게는 2이닝 짧게는 한 타자를 상대하며 선발 투수의 빈자리를 채우고 상대팀의 공격을 막아냅니다.

최성훈, 김진성, 김대유, 최동환, 이우찬에 이어 6회에 마운드 올라온 이정용 선수가 2점 홈런을 맞았지만 이어진 7회에 LG 트윈스는 1점을 바로 만회하며 승부를 이어갔습니다. 단 1점 차이. LG 트윈스는 투수인 고우석 선수를 9회가 아닌 8회에 조기 투입하며 승부를 향한 집념을 보여 줍니다.

그리고 9회에 극적인 동점을 만들어내며 승부를 연장으로 몰고 갑니다. 마무리 투수까지 2이닝을 책임진 상황에서 맞이하는 연장전은 이미 많은 불펜 투수를 소모한 LG 트윈스 입장에서 달갑지 않은 힘겨운 상황입니다.

다음 경기를 위해서도 최대한 빨리 승부를 내야 하는 상황에서 맞은 10회 초 공격, LG 트윈스는 결정적으로 만루 기회를 맞이합니다.

투 아웃 만루에서 베테랑 김민성 선수가 타석에 들어섭니

고우석 선수

아무리 경기가 어렵게 흘러가고 타이트한 상태여도
제가 잘하면 팀이 승리하면서 모두 묻히는 거고,

모두가 잘하는 경기여도
제가 컨디션이 좋지 않아서 못하면
다 같이 못한 1패 경기기 때문에

그런 생각을 하면서 던지는 것 같아요.

온전히 저의 힘만으로 이기는 것도 아니고

나만 못해선 지는 것도 아니고
이렇게 생각을 하지만

책임이 관심이라고 하잖아요.
그런 거 많이 받는 위치기 때문에

승리에 대한 생각만 하는 게
가장 큰 도움이 되는 것 같아요.

다. 이번 시즌, 젊은 선수들의 등장으로 출장 기회가 많이 줄어들었지만 여전히 주전을 목표로 노력하는 선수입니다. 그리고 이번 타석에서 그 노력과 다짐이 만루 홈런이 되어 돌아왔습니다. 경기장의 분위기는 완전히 LG 트윈스로 돌아섰습니다.

결과는 그대로 6 대 2 승리, 선발이 없으면 불펜으로 승리할 수 있다는 걸 보여준 LG 트윈스는 투수왕국이라는 평가에 걸맞게 22시즌 팀 평균자책점과 피안타율에서 리그 1위에 오릅니다.

144경기 중 87승을 올리며 정규 시즌 2위에 오른 LG 트윈스는 자신들의 투수진이 얼마나 강력한지를 기록으로 보여주는 경기를 펼쳤습니다.

투수가 던지지 않으면 시작되지 않는 경기. 개인적으로 타자보다 투수가 더 중요하다고 말하는 경헌호 코치의 이야기에는 2년간 팀 평균자책점[2] 1위를 기록한 투수들에 대한 고마움이 가득 담겨 있습니다.

임찬규 선수는 자신의 부진한 가운데 팀이 플레이오프에

---

2 투수가 9이닝 동안 공을 던졌을 때 평균 몇 점의 점수를 내주는지의 기록. 낮을수록 잘 던지는 투수로 기록된다.

오를 수 있게 훌륭한 활약을 해준 후배 선수들에게 감사의 말을 전했습니다.

핵심 불펜 선수로 홀드왕을 거머쥔 정우영 선수는 28년의 기다림을 끝내지 못해 아쉬워했습니다. 그리고 두 선수 모두 아쉬움을 뒤로하고 내년 시즌을 기약합니다.

08

아워게임

차명석 단장과 코칭스태프가 모인 회의실, 차명석 단장이 무거운 얼굴로 10월 6일 KIA 타이거즈와의 경기를 되짚어 봅니다. 2022년 시즌에서 꾸준하게 기회를 받아온 거포 유망주 이재원 선수가 선발 출장 한 타석 만에 교체되고 말았습니다.

타석의 결과는 스트라이크 존을 벗어난 변화구에 속아 세 번을 헛스윙하며 삼진. 약점이 뚜렷하게 드러난 유망주는 한 시즌이 마무리가 되어가는 시점까지 약점을 극복하지 못하고 있습니다.

선수 본인이 가장 답답하겠지만 많은 기회를 부여한 류지현 감독과 차명석 단장 역시 안타깝고 답답하기는 마찬가지입니다. 1군 무대에 오르기 위해 땀방울을 흘리는 많은 2군 선수들에게는 실력을 보여줄 수 있는 한 타석, 한 이닝이 너무나 절실할 것입니다.

류지현 감독의 입장에서는 이재원 선수가 너무나 무기력하게 삼진으로 물러나는 것으로 보입니다. 반복되는 그 모습이 한 타석에 대한 소중함과 절실함이 부족한 것으로 보였습니다. 차명석 단장도 별다른 변화 없이 다른 결과를 기대하는 선수의 모습이 실망스럽습니다. 성적과 육성이라는 두 마리 토끼를 모두 잡아야 하는 차명석 단장의 고민이 깊어집니다.

2019년 부임한 차명석 단장은 LG 트윈스에 비전이 필요하다고 생각했습니다. 그래서 FA를 통해 당장 활용할 수 있는 선수를 영입해서 전력을 강화하기보다는 육성에 초점을 맞추기로 했습니다.

잘 정비된 2군이 밑바탕으로 있는 구단이 될 때 좋은 성적이 따라올 수 있다고 생각했습니다. 이런 차명석 단장의 생각은 새로 입단할 신인 선수를 선발하는 2023년 신인 드래프트[1]에서도 잘 드러납니다.

---

1 프로 스포츠에서 원하는 신인 선수를 지명하는 것을 말한다.

각 팀들이 고심 끝에 선수를 지명하고 상위 순번의 지명 결과에 따라 즉석에서 회의를 거쳐 지명 전략을 수정하기도 합니다. 명문 구단으로 향하는 첫걸음은 옥석을 가려내는 것부터 시작하기 때문입니다.

차명석 단장이 극찬하며 지명한 1순위 선수는 김범석 선수입니다. 그 이름이 고유명사에서 한국 야구의 대명사로 바뀔 수 있다고 말할 정도로 기대가 큰 선수입니다. 김범석 선수를 시작으로 강민균 선수까지 신인 지명을 모두 마친 백성진 스카우트 팀장은 만족스러운 미소를 띱니다.

아무리 좋은 평가를 받던 신인 선수를 선발해도 육성과정을 거쳐 1군에서 활약하지 못한다면 아무 소용이 없습니다. 백성진 팀장은 현재 LG 트윈스는 이런 시스템이 잘 맞아 돌아가는 팀이라고 얘기합니다. LG 트윈스는 2019년부터 2군 퓨처스 리그 성적이 수직 상승했고 자체 육성한 선수가 꾸준히 데뷔해 1군에서 활약했습니다. 이런 모습은 차명석 단장이 생각한 육성 시스템이 자리를 잘 잡았다는 것을 보여주는 증거일 것입니다.

신인 드래프트에서 선발된 11명의 선수가 잠실야구장을 찾았을 때 류지현 감독은 이렇게 얘기합니다.

"지금은 순번이 있지만 잠실야구장 라커룸에 오는 순서는 순번이 없다. 열심히 해서 잠재력을 얼마나 끌어내느냐에 따라 그 순서가 빠를 수도 늦을 수도 있다."

이 선수들이 성장해서 오지환, 고우석 선수의 뒤를 이어 LG 트윈스의 간판이 될 것으로 기대해 봅니다.

차명석 단장은 2군을 찾아 코치진과 주요 선수들에 대한 경기 내용, 개선점, 발전 가능성을 주기적으로 체크하고 있습니다. 이제는 2군 시스템이 안정되어 잘 맞아 들어간다는 평가를 받고 있지만 차명석 단장은 더 높은 곳을 바라보고 있습니다.

매뉴얼을 만들고 그에 따른 육성 교육을 정착시켜 강팀으로 가는 조건을 완성해 가고 있지만 이런 육성 교육이 장기적으로 유지되어야 한다고 생각합니다. 차명석 단장이 생각하는 강팀은 1, 2년 잘하고 가라앉는 팀이 아닙니다.

구단의 철학이 담긴 완성된 육성 매뉴얼, 그에 따른 교육으로 전력이 지속적으로 올라가는 팀. 이를 통해 매년 가을 야구를 하고 최소 3, 4년에 한 번씩은 우승을 할 수 있는 팀. 이런 팀이 차명석 단장이 생각하는 진정한 강팀이며 만들고 싶은 LG 트윈스의 미래입니다.

결과가 말해주는 거겠죠

저희가 자체 평가를 해도 결과가 안 좋으면
그거는 또 잘못된 길로 간 거겠죠.

차명석 LG 트윈스 단장

단장이 되고 4년째인데요,
제가 구단하고 상의해서 2군의 매뉴얼을 다 만들어놨습니다.
육성 교육 다 시켜놨고 강팀이 되기 위한 조건들을 만들어 가는데
이게 조금 더 정착돼서 계속 가야 한다는 거죠.

매년 포스트 시즌을 가면서 한 3, 4년에 한 번씩
우승을 할 수 있는 팀이 정말 강팀이라고 보거든요.
결국 구단이 철학을 가지고 육성 매뉴얼을 갖다가 만드는
사람 교육이 가장 중요하다는 거죠.

시즌 최종전

스프링 캠프가 엊그제 같은데 벌써 시즌 마지막 경기를 앞두고 있습니다. LG 트윈스는 3위와 무려 6경기 이상 차이를 벌리며 2위를 확정 지었습니다.

마지막 경기 상대인 KT 위즈 이강철 감독은 경기 전 황병일 코치와 LG 트윈스의 두터운 선수층에 대해 얘기를 나눕니다.

시즌 마지막까지 순위 싸움을 벌여야 하는 상대 감독의 입장에서는 두터운 선수층을 바탕으로 플레이오프 행을 확정 지은 LG 트윈스가 부러울지도 모르겠습니다.

마지막 경기 선발 투수는 임찬규 선수입니다. 이번 시즌 기복이 심한 경기 내용 때문에 부진한 성적을 기록하고 있습니다. 마지막 경기에서 유종의 미를 거두기를 기대하지만 1회부터 크게 흔들리며 결국 2이닝 만에 마운드를 내려오게 됩니다.

1회에 4점 빼앗겼지만 이어진 공격에서 곧바로 추격하는 LG 트윈스. 3점을 만회하고 원 아웃 1, 3루 찬스에서 이재원 선수가 타석에 들어섭니다. 하지만 결과는 삼진 아웃과

2022년 대미를 장식할 마지막 경기가 시작되었습니다.
류지현 감독은 투수조 조장 임찬규를 선발 투수로 내세웠습니다.

부진했던 임찬규로서는 이번에야말로
자신을 증명해야 할 때입니다.

하지만 임찬규는 1회 초 연이은 실점으로
또다시 흔들립니다.

LG 트윈스는 만약을 대비해 불펜을 가동합니다.

경우의 수가 너무 많습니다. 야구는
이게 좋아서 하는 게 아니라
운명이고 숙명이고 소명인 것 같아요.

내가 마음에 들고 안 들고의
문제가 아니라

이거는 반드시 내가 할 수밖에
없는 업이라고 봐요.
그게 야구인 것 같아요.

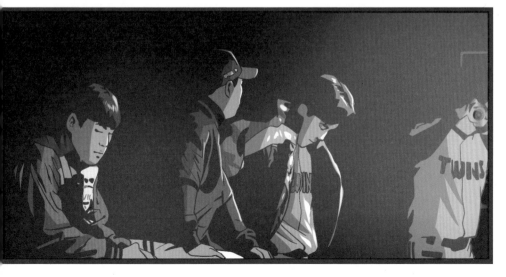

1루 주자의 도루 실패가 겹치며 그대로 이닝이 종료되고 말 았습니다.

임찬규 선수나 이재원 선수 모두 많은 준비를 했고 기대 를 받으며 시즌을 시작했지만, 시즌 마지막 경기 날까지도 끝내 문제점을 극복한 모습을 보여주지 못했습니다. 이호준 코치와 김광삼 코치가 조언을 건네며 위로하지만 선수들은 준비한 만큼 나오지 않는 결과에 답답한 마음을 숨길 수가 없습니다.

경기가 중반을 넘긴 6회. 상대에게 1점 뒤쳐있지만 LG 트윈스는 필승조를 투입하며 승리에 대한 결의를 보여줍 니다. 코치, 동료들의 배려와 관심 속에 정우영 선수는 마 지막 경기에서 35홀드를 기록하며 22시즌 홀드왕에 등극 합니다. 강력한 공을 뿌리는 마무리 고우석 선수는 42개의 세이브를 올리며 22시즌 세이브왕이자 LG 트윈스 구원 투 수의 역사를 새로 쓴 인물이 됐습니다.

불펜 투수들이 훌륭한 개인 성적에 어울리는 호투를 보여 주는 가운데 1점 차이를 유지하고 맞이한 LG 트윈스의 9회 말 마지막 공격. 서건창, 홍창기, 박해민 선수까지 세 타자 연속 안타로 무사 만루의 찬스를 맞이합니다.

하지만 이어진 송찬의 선수가 삼진으로 물러나면서 원 아웃이 된 상황에서 4번 타자 채은성 선수의 타구마저 좌 익수의 글러브로 빨려 들어갑니다. 기회가 점차 사라져간 다고 느낀 순간 3루 주자 서건창 선수가 홈으로 쇄도해 들 어갑니다.

희생 플라이가 되기에 다소 애매한 거리였지만 서건창 선 수는 적극적인 주루 플레이로 기어이 동점을 만들어내고 말 았습니다.

무사 만루의 기회에서 점수를 내지 못하고 아웃 카운트만 올라갈 수 있는 상황에 나온 귀중한 득점이자 동점 점수였습 니다. 이제는 역전을 바라봅니다.

9회 말 투 아웃, 동점 상황에서 타석에 들어선 건 주장 오 지환 선수입니다. 그리고 풀카운트까지 가는 접전 끝에 우 익수의 키를 훌쩍 넘기는 기적 같은 끝내기 안타로 2022년 정규 시즌 마지막 경기를 승리로 장식합니다.

9회 말 투 아웃의 기적이 가능했던 건, 단 한 경기도 포기 하지 않는 끈질긴 투지를 가진 LG 트윈스이기 때문일 겁니 다. 비록 2022년 한국시리즈 문턱에서 좌절하고 말았지만 그 어느 때보다 가능성을 보여준 LG 트윈스에게 2022년은 어떻게 남았을지 궁금해집니다.

LG 트윈스 타선의 중심축인 김현수 선수는 지금까지 모습으로 봤을 때 가장 짜임새 있고 좋은 팀이었다고 평가했습니다. 2022년 정규 시즌을 보내면서 LG 트윈스는 희망과 에너지가 넘쳤지만 아쉬운 순간과 쓰라린 순간도 경험했습니다.

어느 때보다도 우승 가능성이 높았던 정규 시즌을 보낸 LG 트윈스는 87승을 거두며 구단 최다승 신기록을 작성했습니다.

또 4년 연속 포스트 시즌에 진출했지만 너무도 허무하게 끝나버린 가을 야구에 대한 충격도 컸습니다. 성적이 좋았던 선수, 부진했던 선수, 베테랑 선수, 신인 선수 모두 같은 마음입니다. 우승이 눈앞에 있는 것만 같았던 2022년 LG 트윈스의 결과에 아쉬운 마음을 숨길 수가 없습니다.

선수들뿐만 아니라 코칭스태프, 프런트, 팬들에게도 2022년은 희망이 가득했던 과정과 아쉬움과 안타까움이 가득한 결말로 남았습니다.

아침 서리가 내려앉은 추운 겨울의 스프링 캠프부터 홈 팬들과 함께했던 개막전, 144경기 정규 시즌이 끝나고 가을

9회 말 투 아웃.
잠실 그라운드 위에서 한 편의 드라마가 펼쳐지는 중입니다.

주장 오지환이 타석에 들어섰습니다.
모든 시선이 오지환의 방망이로 향하는 순간입니다.

야구까지 LG 트윈스의 얘기를 돌아봤습니다.

그들의 노력과 환호, 분노와 후회의 순간들까지 말입니다.

우리는 가끔 그런 생각이 들 때가 있을 것입니다. 야구가 도대체 뭐기에 그것 때문에 기분이 좋다가도 한번 지면 하루 종일 기분이 우울하게 되는지 말입니다. 이제 LG 트윈스의 한 시즌을 내부에서 들여다본 우리는 답을 얻을 수 있었을 것입니다.

사실 우리는 이미 선수들과 함께 경기를 하고 있었던 것입니다. 그들과 함께 땀 흘리고 울고 웃고 또 욕도 같이 하면서 말입니다. 야구를 보며 단지 그들의 게임으로 생각한 것이 아닌 아워게임, 즉 우리의 게임이라고 생각하고 함께한 것이었습니다.

기록과 숫자에서는 보이지 않았던 사람의 모습을 보았고 화면과 기사에서 찾을 수 없었던 생생한 얘기를 살펴봤기 때문입니다.

그래서 우리는 다시 야구장으로 가게 될 것입니다.

새로운 아워게임을 위해서 말입니다.

8 : 46

3 4 5 6 7 8 9

2022 시즌의 기록들

B
S
O

H
E
C

정규시즌 LG 트윈스 게임

수	144
승수	87
패수	55
승률	0.613
피타고리안 승률	0.653
홀드	107
세이브	43
투수 평균자책점	3.33
투수 이닝	1,288
맞선 타자	5,432
던진 투구	20,918
맞은 타수	4,820
맞은 안타	1,179
맞은 홈런	94

던진 4구	451
고의 4구	27
데드볼	59
삼진	1,031
폭투	49
보크	0
실점	521
자책	476
세이브 기회	178

타자 타율	0.272
타자 타석	5,704
타자 타수	5,000
타자 득점	720
안타	1,361
2루타	250
3루타	19
홈런	113
루타	1,988
타점	677
타점	677
도루	103
4구	542
고의 4구	21
데드볼	63
삼진	983
잔루	1,139
장타율	0.398
출루율	0.349
OPS	0.747
상대한 투구수	21,834

VS 두산	10승 6패
VS 롯데	7승 8패 1무
VS 삼성	12승 4패
VS 한화	12승 4패
VS 키움	10승 6패
VS KIA	10승 6패
VS KT	9승 7패
VS NC	10승 6패
VS SSG	7승 8패 1무

4월 승패	14승 11패
5월 승패	14승 12패
6월 승패	15승 6패 1무
7월 승패	12승 7패
8월 승패	14승 6패
9월 승패	15승 8패 1무
10월 승패	3승 5패

화요일 승률	0.542
수요일 승률	0.682
목요일 승률	0.545
금요일 승률	0.625
토요일 승률	0.680
일요일 승률	0.600
주간 승률	0.579
야간 승률	0.618
홈 승률	0.535
원정 승률	0.690
연장전 승률	1.000
1회 득점시 승률	0.740
선취득점시 승률	0.766
1점차 승부시 승률	0.594
1회 선두 타자 출루시 승률	0.661
퀄리티스타트 시 승률	0.772

평균 경기시간	3시간 15분
홈경기 최단 시간	2시간 19분
홈경기 최장 시간	4시간 10분
원정경기 최단 시간	2시간 31분
원정경기 최장 시간	4시간 14분
홈경기 총 관중수	930,163명
홈경기 평균 관중	12,919명
홈경기 최다 관중	24,132명
홈경기 최소 관중	3,361명

09

V3. 그리고 새로운 아워게임

2023년에도 마운드에는 활기가 돕니다. LG 트윈스는 새로운 감독이 팀을 정비하며 2022년 시즌에 겪었던 쓰린 마음을 추스릅니다. LG 트윈스는 지난 2022년 시즌 이후 팀의 핵심 자원이던 중심타자 채은성 선수와 주전 포수 유강남 선수를 FA로 떠나보내며 아쉬움을 삼켰지만 남은 이들과 영입된 선수들은 새로운 역사를 쓰겠다는 각오로 함께 훈련에 힘을 쏟습니다.

144경기의 긴 여정이 시작된 2023년의 분위기는 이전과 다릅니다. 2023년 시즌에선 지난 시즌 그라운드 뒤에서 실력을 키운 선수들의 활약이 돋보였습니다. 그들의 활약으로 LG 트윈스는 여느 때보다 활기차게 시즌을 출발합니다.

개막 이후 뛰는 야구를 선보이며 상위권 순위 싸움을 이어 갔고 5월이 지나는 시점부터는 리그 1위 자리를 굳건히 지키며 큰 위기 없이 시즌을 안정적으로 이어나갑니다.

작년 아워게임의 주인공이었던 주장 오지환 선수는 이번 시즌에도 어김없이 LG 트윈스의 중심을 이끌어 나갑니다. 여기에 새로운 주전 포수 박동원 선수는 팀을 위기 때마다 구해내며 안방을 든든하게 지켰습니다. 지난 시즌 그라운드에서 잘 보지 못했던 신민재 선수는 약점으로 손꼽혔던 2루를 든든하게 지켜내며 팀의 실점을 막아내는 것은 물론 정확한 타격과 빠른 발로 상대팀을 흔들며 공수 양면에서 큰 공을 세웠습니다.

2022년 시즌에 팀을 최종 2위까지 만들어낸 기존의 주전 선수들도 작년의 아쉬움을 씻어내듯 정교한 전략과 타격, 그리고 신들린 수비로 팬들의 가슴을 뜨겁게 만들었습니다.

1994년 어린이 팬이었던 학생은 어느덧 어른이 되어 자녀들과 함께 LG 트윈스의 경기를 찾는 나이가 되었습니다. 1994년 이후 태어난 젊은 팬들은 LG 트윈스를 응원한 이후로 한 번도 자신의 팀이 우승하는 모습을 본 적이 없습니다.

경기가 계속될수록 팬들과 언론, 그리고 선수들의 마음에는 어느덧 LG 트윈스의 새로운 역사를 볼 수 있을지 모른다는 희망이 피어나기 시작합니다. LG 트윈스의 팬과 선수들의 가슴엔 모두 한가지 생각이 떠오릅니다.

'이번에는 과연 1994년 이후 세 번째 통합 우승을 차지할 수 있을까?'

LG 트윈스의 팬은 그냥 좋아하는 야구팀과 팬의 관계가 아닙니다. 함께 경기장에서 호흡하고 경쟁하며, 함께 울고 웃는 '아워게임'을 즐기는 모두의 팀입니다. 그렇기에 이전 시즌의 결과에 함께 울었고, 새로운 시즌에는 우승의 희망을 함께 꿈꿀 수 있는 것입니다.

2023년 10월 3일. LG 트윈스는 모두가 바라던 정규리그 우승을 확정했습니다. 리그 1위를 두고 끝까지 LG 트윈스와 엎치락뒤치락하던 KT 위즈와 NC 다이노스가 10월 3일 열린 경기에서 모두 패배를 기록했습니다. 그 결과 LG 트윈스는 다음날 경기를 위해 부산 사직구장으로 이동하던 중에 정규리그 우승이 확정되었다는 얘기를 전해 듣습니다.

우승이 확정된 다음날 사직구장에서 모든 선수들이 그라운드에서 부둥켜안고 정규리그 1위를 자축합니다. 부산까지 경기를 보러 온 팬들 역시 경기가 끝난 뒤에도 오랫동안 자리를 뜨지 못합니다.

정규 리그 1위를 차지하면 바로 한국시리즈로 직행할 수 있습니다. LG 트윈스는 이제 한국시리즈까지 훈련에만 집중하며 통합 우승과 한국시리즈 승리를 준비합니다.

한국시리즈에서 LG 트윈스와 맞붙게 될 팀은 KT 위즈로 결정되었습니다. 시즌 내내 LG 트윈스를 괴롭히며 정규리그 1위 자리를 위협했던 KT 위즈이기 때문에 선수들의 긴장감은 최고조가 됩니다.

그렇게 7판 4선승제의 한국시리즈가 드디어 시작되었습니다.

KT 위즈와 맞붙은 1차전은 지난 시즌의 악몽을 다시 떠오르게 만들었습니다. 최고의 마무리 투수 고우석 선수가 9회 투 아웃까지 잘 막아냈지만, KT 위즈의 문상철 선수가 기적 같은 2루타를 만들어내며 승부를 가져갔습니다. 3 대 2라는 적은 점수 차이로 갈린 아쉬운 패배.

통계를 봤을 때 한국시리즈 1차전을 승리한 팀이 최종 우승을 거머쥘 확률은 74.4퍼센트나 됩니다. 역대 한국시리즈

마흔 번 가운데 1차전이 무승부였던 1982년을 빼고, 무려 서른아홉 번 가운데 스물아홉 번이나 1차전 승리 팀이 우승을 차지했습니다. 승부의 신은 이번에도 LG 트윈스의 편이 아닌 것일까 하는 두려운 마음이 듭니다.

2차전에서도 KT 위즈는 높은 기량을 뽐냈습니다. 경기 시작과 함께 4점을 뽑아내며 LG 트윈스를 절망에 빠트립니다. 시간이 흐를수록 팬들의 마음은 초조해집니다. 차근차근 한 점씩 추격해 갔지만 경기 후반까지 역전의 기미가 보이지 않았습니다.

이때 누구도 예상하지 못한 일이 일어났습니다. LG 트윈스의 주전 타자들을 상대로 좌절감을 안겨줬던 KT 위즈의 투수 박영현 선수의 공을 박동원 선수가 날카롭게 쳐올렸습니다.

공은 하늘 높이 뻗으며 무려 122미터를 날아가 담장을 넘었습니다. 경기 후반인 8회에 터진 영화 같은 역전 홈런! 모두가 기적이라고 생각했지만 사실 기적이 아닙니다. 단 한 번 찾아온 기회를 놓치지 않은 박동원 선수의 실력과 LG 트윈스 팬들의 응원이 함께 이뤄낸 작품 같은 홈런입니다.

박동원 선수의 홈런으로 짜릿한 역전승을 차지한 LG 트윈스의 기세는 누구도 멈출 수 없었습니다. 이어진 3차전 역시 홈런포를 주고받는 접전 끝에 오지환 선수의 그림 같은 3점 홈런으로 역전승했고 4차전, 그리고 마지막 5차전까지 멈추지 않고 내리 4연승을 올렸습니다. 분위기를 완전히 장악한 LG 트윈스를 상대로 KT 위즈는 멋지게 승부를 펼쳤지만 결국 준우승에 그치게 되었습니다.

29년 만의 정규리그 우승, 29년 만의 한국시리즈 우승, 29년 만의 통합 우승이 현실이 되는 순간이었습니다.

쇠로 무기나 도구를 만들 때는 '담금질'이라는 작업을 거칩니다. 아주 뜨거운 온도까지 가열한 쇠를 갑자기 차가운 물에 '담그는' 일을 반복하는 것이죠. 이렇게 쇠를 괴롭히다 보면 어느 틈엔가 단단해진 쇠는 어떤 무기나 도구라도 될 수 있습니다.

2022년 시즌 내내 선수들을 괴롭혔던 순위 경쟁, 희망만큼 절망이 깊었던 포스트 시즌에서의 처참한 패배, 그리고 패배와 함께 따라온 팬들의 실망감. 이 모든 것들은 선수들에게 굉장히 큰 스트레스로 다가왔을 것입니다. 하지만 2023년 시즌을 보며 되돌아본 2022년의 아워게임은 사실 선수들을 단단하게 만들어줄 귀중한 담금질의 시간이었다는 것을 확인할 수 있었습니다.

매년 우승하는 팀보다는 탄탄한 전력과 안정적인 운영으로 강한 팀. 이른바 '명문 구단'을 만들겠다는 차명석 단장의 의지는 2023년 LG 트윈스가 우승을 거두면서 실현되고 또 완성된 것처럼 보입니다.

그러나 LG 트윈스의 선수들과 감독, 코치들은 언제까지나 우승의 기쁨에 취해있을 수만은 없습니다. 다른 팀들 역시 내년 시즌을 위해 혹독한 담금질의 시간을 보내고 있기 때문입니다. 올해 우승했다고 해서 내년에 더 유리한 것도 없습니다. 모두가 1승을 위해 애쓰고, 144경기를 무사히 마치기 위해서 최선을 다하는 새로운 시즌의 출발점에 서기 때문입니다. 그래서 LG 트윈스는 다시 겨우내 연습장으로, 훈련장으로, 또 그라운드로 향합니다. 이 값진 우승의 기억을 잊지 않기 위해서입니다.

이제부터 LG 트윈스의 목표는 '우승'이라는 단편적인 결과가 아닙니다. 한국시리즈 MVP를 수상한 오지환 선수가 말한 것처럼 'LG 트윈스의 왕조 시대'가 목표입니다.

한 시즌만 반짝이는 우승 팀이 아닌 매년 우승에 도전할 수 있는 전력을 유지하는 팀. 정규 시즌 우승을 다투며 한국 시리즈 우승을 노리는 팀. 그래서 다른 팀보다 더 많이, 자주 정상에 오르는 명문 팀. 차명석 단장이 목표로 하는 팀과도 같은 이야기입니다.

오랜 숙원을 풀어낸 LG 트윈스는 선수와 구단 모두 꾸준한 강팀, LG 트윈스 왕조를 위해 다시 뛸 것입니다.

그래서 우리는 또다시 그라운드로 나가 선수들과 감독, 코치진과 함께 새로운 희망을 품을 것입니다. 앞으로는 새로운 기록에 도전하는 LG 트윈스가 될 것입니다.

내년의 승리의 순간을 위해서 자신을 갈고닦는 시간을 보내는 것은 야구단의 선수들 뿐만은 아닙니다. LG 트윈스의 분투에 팬들, 바로 여러분이 세찬 응원을 보냈던 것처럼, 기나긴 일상의 삶 속에서 일어날 기적 같은 아워게임을 위해 노력하는 팬들, 여러분들을 위해 그라운드에서 선수들이 응원할 것입니다. 새로운 해, 새로운 시즌의 아워게임, 선수들과 우리 모두가 함께 할 멋진 승부들은 어떤 모습으로 그려질지 기대됩니다.

우승을 향한
우리들의 이야기

초판 1쇄 펴낸날 2023년 12월 26일

원작 티빙 오리지널 〈아워게임 : LG트윈스〉

기획 STUDIO X+U

프로듀서 권지훈, 윤수현 | **연출** 이현희 | **촬영** 김병정

각본 김정한 | **구성** 김귀숙, 유민아

글 허정민 | **그림** mongde

발행인 김병오 | **편집** 한승일

펴낸곳 (주)킨더랜드 등록 제406-2015-000037호

주소 경기도 파주시 회동길 512 B동 3F

전화 031-919-2734 | **팩스** 031-919-2735

ISBN 979-11-7082-038-3 43810

플랜페이지는 (주)킨더랜드의 새로운 단행본 브랜드입니다.